Gabi Rüther

Magische Gezeiten

Das Geschenk

GABI RÜTHER

DAS GESCHENK

Roman

Impressum
Autorin: Gabi Rüther
Coverbild © : RUZLO www.ruzlo.com
Covergestaltung ©: MONA - www.monawagner.de
Logo: MONA
Erstveröffentlichung:
2016 E-Book und Taschenbuch

Südtor 5b, 48324 Sendenhorst
in2welten@freenet.de

www.in2welten.de

Für meinen

„Stammtisch“

(Sandra, Ela und Renate)

für Vera

und für Silke

Seit mehr als dreißig Jahren
mit euch durch Höhen und Tiefen zu gehen,
macht das Leben schöner.

Kapitel 1

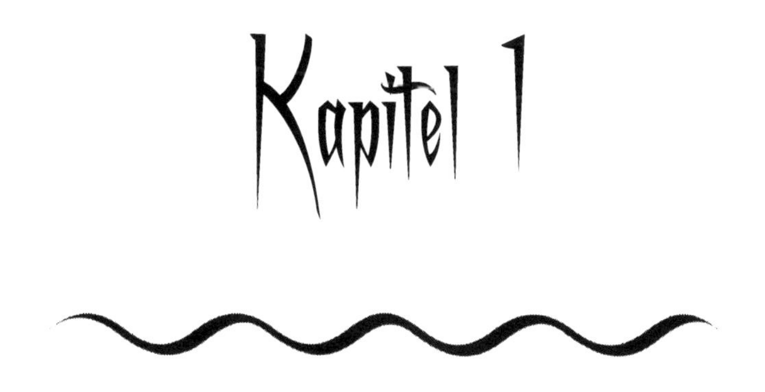

»Hat länger gedauert als gedacht«, murrte Frank und sah mich an, als wäre es meine Schuld. »Die Stoßdämpfer waren völlig im Eimer und der Auspuff hatte kein Loch, der war halb abgerissen!«

»Echt?«

Ich tat erstaunt, doch Frank warf mir nur einen genervten Blick zu. Also zahlte ich kommentarlos die Rechnung und packte noch ein ordentliches Trinkgeld drauf.

»Danke und bis zum nächsten Mal«, verabschiedete ich mich und stieg eilig in meinen SUV.

Ich hatte noch knapp zehn Minuten, um die Stadt Münster zu verlassen. Am Checkpoint kontrollierte der Grenzer meinen Pass und die Fahrzeugpapiere, winkte mich durch und im Rückspiegel sah ich, wie sich die schweren Stahltore der Stadtfestung langsam schlossen.

Die Sonne war bereits untergegangen und trotzdem war es noch unangenehm schwül und heiß. Die

Scheinwerfer meincs Wagens beleuchteten die marode Landstraße und mehr oder weniger erfolgreich versuchte ich, den vielen Schlaglöchern auszuweichen.

»Und nun die Unwetterwarnungen«, plärrte die Stimme aus dem Radio. »Starkregen und Gewitter heute in den Stadtbereichen Münster, Osnabrück und Bielefeld ...«

In der Ferne zuckten bereits die ersten Blitze und der nachfolgende Donner ließ die Karosserie meines Geländewagens erzittern. Mittlerweile war es dreiundzwanzig Uhr und die Straße war wie ausgestorben. Die Städter hatten sich für die Nacht eingeschlossen und die wenigen Agrarier, die außerhalb der Stadt lebten, hatten sich auf ihren Höfen verbarrikadiert. Kein Mensch sollte um diese Zeit noch ohne Eskorte unterwegs sein. Und ich war ein Mensch – zumindest hatte ich einen Pass. Divergenten bekamen nämlich keinen!

Von der Landstraße bog ich in einen versteckten Waldweg ab und die ersten Regentropfen klatschten auf meine Windschutzscheibe. Ich schaltete den Allradantrieb ein und fuhr, so schnell es ging, über den unbefestigten Forstweg. Das Auf und Ab der Scheinwerferlichter tauchte den Wald um mich herum in gespenstisches Licht. Der aufkommende Sturm peitschte Blätter und Äste gegen meinen Wagen.

Nach einigen hundert Metern hatte ich endlich die Wiese erreicht, in deren Mitte meine kleine Festung stand. Mein Haus, meine Scheune und mein Garten waren von einer hohen Steinmauer umgeben. Dass ich das Areal um mein Eigentum herum in regelmäßigen Abständen mähte, hatte nicht nur optische Gründe. Wenn ich, wie zum Beispiel heute, spät nach Hause kam und meine Einfahrt öffnete, hatten unerwünschte Gäste keine Chance sich heimlich hineinzuschleichen.

Der Regen war mittlerweile heftig und die Scheibenwischer arbeiteten auf Hochtouren. Wie in Bächen lief das Wasser an meinen Seitenfenstern herab und ich konnte kaum etwas erkennen. Ich schaltete die Zusatzlampen auf meinem Wagendach ein, doch das half nur wenig. Langsam fuhr ich an der Mauer entlang und dann im Bogen auf meine Einfahrt zu. Die ganze Zeit beobachtete ich wachsam die Umgebung, zumindest soweit ich sie sehen konnte.

Als ich auf mein Tor zuhielt, trat ich plötzlich fluchend auf die Bremse.

Irgendetwas lag direkt vor meiner Einfahrt. Angestrengt starrte ich durch die Windschutzscheibe. Es sah aus wie ein großer schwarzer Müllsack. Alarmiert sah ich mich nach allen Seiten um, konnte aber nichts Ungewöhnliches entdecken.

Ich kramte im Handschuhfach nach meinem Live-Scan und meiner Walther PPK. Der Live-Scan surrte und das Display zeigte jedes Lebewesen im Umkreis von fünfhundert Metern. Ich sah hundert kleine helle Punkte für Insekten, Hasen und anderes Getier und einen großen fetten Stern direkt vor meinem Tor. Das hatte mir gerade noch gefehlt.

Was auch immer mir da die Zufahrt versperrte, es war groß und es lebte.

Ich hupte, es bewegte sich nicht. Einen kurzen Moment lang war ich geneigt mein Tor zu öffnen und was auch immer da lag einfach über den Haufen zu fahren.

Stattdessen hängte ich mir den Live-Scan über die Schulter, entsicherte meine Waffe und stieg aus dem Wagen. Der Regen klatschte mir ins Gesicht und im nächsten Moment war ich nass bis auf die Knochen. Vorsichtig ging ich auf das Ding zu. Erst als ich bis auf drei Meter herangekommen war, erkannte ich durch den dichten Regen, dass es ein Mann war. Er kauerte auf dem Boden, hatte die Beine an den Körper gezogen und die Arme schützend um seinen Kopf gelegt.

»Hey«, rief ich laut.

Keine Reaktion.

Ich ging um ihn herum, hielt meine Waffe im Anschlag und trat ihm mit dem Fuß gegen die Schulter. Der Mann kippte auf den Rücken und ich hielt erschrocken die Luft an. Im grellen Licht der Scheinwerfer wirkte sein zerschlagenes Gesicht bleich wie der Tod. Sein linkes Auge war zugeschwollen, seine Augenbraue aufgeplatzt und aus seinem Mundwinkel lief Blut. Ich kniete mich neben ihn, drückte ihm die Waffe an den Schädel und tastete mit der anderen Hand nach seinem Puls. Sein Herzschlag ging langsam, aber regelmäßig.

Während der Regen weiter in dicken Tropfen auf mich herabprasselte, rasten meine Gedanken. Mein Live-Scan unterschied nicht, ob es sich um einen Menschen oder einen Divergenten handelte. Rettete ich einen misshandelten Menschen, würde mir seine Familie sicher dankbar sein – auch in finanzeller Hinsicht. Rettete ich einen halb totgeschlagenen Divergenten, konnte das auch ganz furchtbar in die Hose gehen. Divergenten hatten ihre eigenen Gesetze und mochten es gar nicht, wenn man sich da einmischte. Der Mann stöhnte plötzlich leise und ich sprang erschrocken auf, die Waffe im Anschlag. Mit einem Auge musterte er mich kurz und versuchte, seinen rechten Arm zu heben. Er fiel schlapp wieder herunter und seine Hand, die vorher zur Faust geballt war, öffnete sich. Ein Zettel lag darin.

»Eine Bewegung und ich schieß dich über den Haufen«, schrie ich, doch er schien schon wieder das Bewusstsein verloren zu haben.

Ich beugte mich vorsichtig herunter und nahm das Blatt aus seiner Hand. Es war mit Blut beschmiert und vom Regen durchweicht, aber man konnte die Schrift noch gut entziffern.

»Herzlichen Glückwunsch, kleine Hexe. Ich bin dein Geschenk«, las ich und mir blieb für einen Moment die Luft weg.

Mir wurde erst heiß, dann kalt und sämtliche Haare standen mir zu Berge. So eine verdammte Scheiße! Hastig aktivierte ich den Live-Scan, aber das Ergebnis blieb das Gleiche. Außer dem Mann waren keine weiteren großen Lebewesen in der Umgebung. Panisch drehte ich mich zu meinem Tor, konzentrierte mich und gab den mentalen Befehl zum Öffnen. Geräuschlos und zügig fuhr es auf. Ich zog den Mann in meine Festung und ließ ihn im Gras liegen. Noch ein Blick auf den unveränderten Live-Scan und ich sprintete zu meinem Wagen. Ich raste in meine sichere Unterkunft und automatisch schloss sich hinter mir das Tor. Okay, nenn mich paranoid, aber ich checkte noch dreimal, ob wirklich nur ich und der zusammengeschlagene Kerl in meiner Festung waren, bevor ich aus meinem Wagen stieg.

Der Wind heulte und die Blitzeinschläge kamen immer näher. Der Regen hatte meinem *Geschenk* das Blut vom Gesicht gewaschen, wach gemacht hatte er es nicht.

Ich packte ihn also wieder und zerrte ihn mit letzter Kraft ins Haus. Ich wollte gerade die Haustür hinter mir schließen, als ein lilafarbener Blitz über den Himmel zuckte und der darauffolgende Donner meine Fenster zum Vibrieren brachte. Es grummelte und dröhnte über eine Minute lang und ich stand da wie angewurzelt. So ein heftiges Unwetter hatten wir schon lange nicht mehr gehabt.

Ich schloss die Tür und schleppte den Mann in das Gästezimmer. Da ich ihn unmöglich aufs Bett hieven konnte, legte ich eine dicke Decke auf den Boden. Ich wälzte ihn darauf und kettete eine Hand mit Handschellen an das Heizungsrohr. Mittlerweile war ich sicher, dass er ein Divergent war und da war

Vorsicht ein guter Ratgeber. Ich ließ ihn einen Moment allein, um mir trockene Sachen anzuziehen. Dann eilte ich zurück, um mein *Geschenk* auszupacken. Ich musste prüfen, ob er noch schlimmere Verletzungen hatte, als sein zerschlagenes Gesicht. Die blutige Schleifspur, die bis ins Gästezimmer reichte, sprach dafür.

Als ich zurückkam, lag er noch genauso da, wie ich ihn zurückgelassen hatte. Ich legte meine Waffe in Reichweite – also meine Reichweite, nicht seine – auf den Boden. Vorsichtig stupste ich ihn an, rüttelte schließlich an seiner Schulter, aber er rührte sich nicht. Ich tat so, als würde ich ihm ins Gesicht schlagen, doch nicht einmal seine Augenlider zuckten. Also fing ich mit einer Bestandsaufnahme an. Linkes Auge geschwollen, Platzwunde an der Braue, die aber schon nicht mehr blutete. Rechtes Auge okay, aufgeplatzte Lippe, Abschürfungen am rechten Wangenknochen und ein fettes Hämatom. Ich fuhr mit dem Daumen über seinen Unterkiefer und durch die kratzigen Haare seines Henriquatre-Bartes. Es schien nichts gebrochen zu sein, nur das Kinn war geschwollen. Ich strich mit beiden Händen über seinen kahlgeschorenen Schädel und fühlte eine ordentliche Beule. Vorsichtig legte ich ein Kissen unter seinen Kopf und schnitt dann sein schwarzes Sweatshirt auf. Sein Oberkörper war übersäht mit Hämatomen und Prellungen. Schnell tastete ich die Rippen ab, soweit ich sie unter den ausgeprägten

Muskeln spüren konnte, aber sie schienen nicht gebrochen zu sein. Ich schnitt die Ärmel an beiden Seiten auf und begutachtete seine Arme. Außer weiteren Blutergüssen sah ich keine ernsthaften Verletzungen. Die Knöchel an beiden Händen waren aufgeplatzt und blutverschmiert. Zumindest hatte er auch ordentlich ausgeteilt. Das beruhigte mich ungemein. Divergenten schlugen Verbrecher ihres Volkes zur Strafe oft halb tot. Dabei hatten die Verurteilten jedoch niemals die Möglichkeit sich zur Wehr zu setzen. Wie schön, ich hatte also keinen Kriminellen im Haus. Manchmal musste man auch für kleine Dinge dankbar sein.

Ich zog ihm seine Springerstiefel aus und konnte ihm seine dunkle Cargohose herunterziehen, ohne sie zu zerstückeln. Darunter trug er eine schwarze Unterhose – wie ich mit einem kurzen Seitenblick feststellte. Eine knappe zwar, aber wie gesagt, die kleinen Dinge…

Seine Beine zeigten die bekannten Zeichen stumpfer Gewalt, nur im rechten Oberschenkel hatte er eine böse Stichverletzung. Die war wohl verantwortlich für meinen versauten Boden, denn es sickerte immer noch Blut aus ihr. Ich holte Verbandszeug aus der Küche und versorgte die Wunde. Da ich nicht feststellen konnte, ob er innere Verletzungen hatte, holte ich ein Heilamulett aus meiner Vorratskammer. Ich aktivierte es mit einem Tropfen Blut, der in seinem Mundwinkel klebte und legte es ihm auf die Brust. Mit dem Gästebettzeug deckte ich ihn zu und stellte ihm eine Flasche Wasser hin. Außer seine verdreckte Hose noch in die Waschmaschine zu stecken, konnte ich nichts mehr für ihn tun.

Am nächsten Morgen hatten sich die dicksten Wolken verzogen und es war angenehm kühl. Ich schaute zuerst nach meinem *Geschenk*. Er schien sich über Nacht keinen Millimeter bewegt zu haben. Würde sich nicht sein Brustkorb beim Atmen auf und ab bewegen, hätte ich gedacht, er wäre hinüber.

Ich ging vor die Tür und stellte mich in die Mitte meines Grundstücks. Mit geschlossenen Augen drehte ich mich langsam um die eigene Achse und öffnete meinen Geist. Ich sah die starken Wehre auf meiner Festungsmauer und die gesicherten Dränagen, durch die das Regenwasser von meinem Grund und Boden abfließen konnte. Auch dieses Unwetter hatte ich – wie nicht anders zu erwarten – gut überstanden.

Alles vor meinem inneren Auge schimmerte smaragdgrün. Grün war gut. Es signalisierte Harmonie und Frieden und Einklang mit der Natur.

Nur im Haus, im hinteren Bereich zeichnete sich eine feuerrote Gestalt ab. Mein *Geschenk* war wach und stinksauer.

Ich zog meinen Geist wieder zurück und ging hinein. Ein Blick auf die Küchenuhr zeigte, dass ich diesmal nur eine Stunde gebraucht hatte, um mein kleines Reich mit dem zweiten Gesicht zu checken. Das war ein Rekord! Auren von Personen konnte ich, wenn ich mich konzentrierte, auch erkennen ohne in Trance zu fallen. Prüfte ich größere Bereiche, war ich für längere Zeit weg – und angreifbar.

Ich schnappte mir meine Waffe, die mittlerweile trockene Hose meines Gastes und öffnete vorsichtig die Tür.

Mein *Geschenk* hockte auf dem Boden, lehnte mit dem Rücken an der Wand und hatte die Beine angezogen. Ein Unterarm lag lässig auf seinem Knie, der andere Arm hing mit der Handschelle am Heizkörper. Den Verband um seinen Oberschenkel hatte er abgerissen, die Wunde war bereits verschorft. Ein Hoch auf seine Heilkräfte und mein Amulett. Als er bei meinem Eintreten den Kopf hob, konnte ich sehen, dass auch die Schwellungen in seinem Gesicht gut abgeklungen waren. Allerdings sah ich auch den wirklich finsteren Blick, mit dem er mich musterte.

»Warum hast du mich mit in deine Festung

genommen?«, fuhr er mich wütend an.

Einen Moment lang war ich völlig perplex.

»Du lagst direkt vor meinem Tor! Hätte ich dich überfahren sollen?«

Ich blieb im Türrahmen stehen und warf ihm seine Hose zu.

Er knurrte irgendwas in einer Sprache, die ich nicht verstand und zog sich die Hose über die Beine. Die Handschelle klapperte laut am Heizungsrohr, als er aufstand und sie hochzog.

Instinktiv hielt ich meine Waffe mit beiden Händen und zielte auf ihn. Der Kerl war riesig, kräftig und überragte mich um einen Kopf. Seine dunklen Augen bohrten sich in meine und mir brach der Schweiß aus. Ich war mir plötzlich gar nicht mehr so sicher, ob die Handschelle ihn wirklich an den Heizkörper fesselte oder ob er es einfach nur duldete.

»Wer bist du?«, fragte ich und verfluchte meine zittrige Stimme.

»Ich bin dein *Geschenk*«, zischte er rau, wobei das Wort *Geschenk* eher klang wie *Alptraum*, *schlimmster Feind* oder *Todesurteil*.

»Ich will dich aber nicht. Am besten, du verschwindest gleich wieder.«

»Das hättest du dir eher überlegen sollen«, knurrte er. »Du hast mich angenommen und jetzt wirst du mich nicht mehr los.«

»Aber was soll ich denn mit dir machen?«

»Ausgepackt hast du mich ja schon«, fauchte er grimmig, »jetzt könntest du mich ins Bad lassen.«

»Was?«

Ich blinzelte irritiert.

»Frau, ich bin seit Stunden an diesen Heizkörper gefesselt. Was glaubst du, will ich wohl im Bad?«

»Oh…«

Mein *Geschenk* funkelte mich immer noch wütend an, während ich überlegte, wie ich das Ganze am besten überlebte.

»Okay, wir machen es folgendermaßen. Ich werfe dir den Schlüssel für die Handschellen zu, bringe dich ins Bad und wenn du fertig bist, kettest du dich wieder an den Heizkörper. Ich bin ein sehr guter Schütze und werde die ganze Zeit mit der Waffe auf dich zielen. Wenn du auch nur im Ansatz versuchst, dich mir zu nähern, knall ich dich ab.«

Er nickte nur und hielt die Hand auf. Ich fischte den Schlüssel aus meiner Hosentasche und warf ihn zu ihm herüber.

Man musste ihm zugutehalten, dass er wirklich nur sehr langsame Bewegungen machte. Er schloss die Handschelle auf und ballte seine Hand ein paar Mal zur Faust. Sein Bizeps wölbte sich beängstigend. Ich schluckte und trat instinktiv einen Schritt zurück.

»Die Treppe hoch und dann die rechte Tür«, wies ich mit einem Kopfnicken nach oben.

Langsam ging er vor und ich hinterher, die Waffe immer schön auf ihn gerichtet. Er trat in mein kleines Bad und drehte langsam den Kopf zu mir.

»Da drin wird das mit deinem Sicherheitsabstand nicht reichen«, bemerkte er spöttisch.

»Ich warte hier«, erklärte ich kühl. »Komm erst raus, wenn ich dir das Okay gebe.«

Er nickte und schloss die Tür hinter sich.

Erschöpft lehnte ich mich mit dem Rücken gegen die Wand und ließ die Waffe sinken.

Verdammt, womit hatte ich das verdient?

Als Agrarier trieb ich Handel mit Divergenten und Städtern. Die Divergenten waren versessen auf elektronische Geräte aller Art, Unterhaltungsmedien und Plastikgeschirr. Eben alles, was sie nicht selbst herstellen konnten. Die Städter dagegen zahlten Unsummen für alternative Heilmittel, die die Divergenten herstellten. Mit Magie versetzte Säfte und Tinkturen gegen alle möglichen Krankheiten, Amulette gegen Schmerzen, zur Heilungsförderung oder gegen Stress. Magie gegen Technik hieß der simple Tausch. Da die diplomatischen Beziehungen zwischen den beiden Völkern schon seit Jahren auf dem Nullpunkt waren, verdienten wir Agrarier ganz gut.

Ich hörte die Toilettenspülung und meine Waffe zuckte hoch. Angespannt lauschte ich, dann hörte ich, wie der Vorhang meiner Dusche aufgezogen wurde.

»Handtücher sind im Schrank unter dem Waschbecken«, brüllte ich und entspannte mich wieder, als mein *Geschenk* das Wasser anstellte.

»Kleine Hexe« hatte auf dem Zettel gestanden und bei dem Gedanken daran wurde mir leicht übel. Ich konnte Auren sehen und Amulette herstellen.

Theoretisch gehörte ich schon zur Spezies Hexe. Aber woher zum Henker sollte das jemand wissen? Seit meiner Geburt galt ich als *menschlich*. Mit Pass und Steuernummer und allem was dazugehörte. Und ich war immer sehr, sehr vorsichtig gewesen. Sollte herauskommen, dass ich ein Mischling war, hätte ich wirklich ein Problem. Die Städter würden mit mir keine Geschäfte mehr machen. Aber vielleicht war die Anrede ja auch einfach nur als Schimpfwort gedacht, so wie *Penner*, *Idiot* oder *Hexe* eben. In Gedanken ging ich die letzten Wochen noch einmal durch und überlegte, wem ich wohl versehentlich ans Bein gepinkelt hatte. Klar hatte ich geschäftliche Kontakte zu den Divergenten, aber wirklich kennen tat ich sie nicht. Sie hatten ihre eigenen Sitten und Gesetze und manchmal waren sie schon sehr eigenartig.

Freiwillig schien der Kerl zumindest nicht hier zu sein. Vielleicht konnten wir gemeinsam einen Weg finden, wie ich ihn wieder loswürde. Ich konnte ja schlecht bis an mein Lebensende bewaffnet durch mein eigenes Haus laufen. Immer in der Hoffnung, dass er artig mit der Handschelle an meinem Heizkörper hängen blieb.

Es klopfte kurz und hart an der Badezimmertür, bevor mein *Geschenk* sie öffnete. Ich zielte wieder auf ihn und bat ihn, sich unten auf das Sofa zu setzen.

»Wir müssen reden«, sagte ich entschieden, setzte mich in den Sessel gegenüber, hielt aber die Waffe sicherheitshalber auf ihn gerichtet.

»Du bist also als Geschenk für mich vor meine Tür gelegt worden, richtig?«, stellte ich fest und er nickte.

»Von wem?«

Er zuckte nur mit den Schultern.

»Warum?«

»Keine Ahnung.«

»Wie ist das passiert?«, fragte ich.

»Man hat mich betäubt und mehrmals zusammengeschlagen. Vor deinem Tor haben sie mich ein letztes Mal fertig gemacht.«

»Wenn ich dich richtig verstanden habe, hab ich dich als Geschenk angenommen, als ich dich auf meinen Grund und Boden gezogen habe?«

Wieder nickte er.

»Aber ich kann dich hier nicht gebrauchen. Kann ich dich nicht einfach zurückgeben?«, fragte ich hoffnungsvoll.

Er schüttelte den Kopf.

»Wenn du mich loswerden willst, könntest du versuchen mich zu töten«, schlug er lauernd vor.

Ha, ha und dabei selbst den Löffel abgeben, sehr witzig.

»Und was bedeutet das jetzt für mich?«, fragte ich beklommen.

Er sah auf. *Ärger*, sagten seine Augen.

»Ich gehöre dir«, brummte seine tiefe Stimme.

»Okay, das hab ich schon verstanden. Aber was heißt das jetzt genau? Dass ich dich durchfüttern und regelmäßig aufs Klo lassen muss, immer in der Angst, dass du mir bei der erstbesten Gelegenheit den Hals umdrehst?«

Er sah mir direkt in die Augen. So lange, dass ich schließlich den Blick abwenden musste.

»Das heißt«, flüsterte er drohend, »dass ich das tun muss, was du willst. Und du mit mir machen kannst, was du willst.«

Irgendwie passte das, was er sagte, so gar nicht zu dem, wie er es sagte.

Ich schluckte und drängte meine aufkeimende Panik zurück.

»Wenn ich dir also befehle, mich nicht umzubringen, dann überlebe ich diesen ganzen Schlamassel?«

Er nickte.

»Also gut. Dann befehle ich dir, mich nicht umzubringen, nicht zu schlagen und nicht zu verletzen.«

Er nickte wieder und unbehaglich stellte ich den Ansatz eines Lächelns bei ihm fest.

»Woher weiß ich, dass du mich nicht anlügst?«

Sein Gesicht versteinerte.

»Ich habe einen Blutschwur geleistet«, entgegnete er ernst.

Davon hatte ich schon einmal gehört.

»Du entschuldigst mich kurz?«, sagte ich, zielte weiterhin auf ihn, nahm mein Handy und rief meinen Nachbarn an.

Nachbar ist jetzt ein dehnbarer Begriff. Albert war Agrarier, wie ich und wohnte ein paar Kilometer entfernt.

»Albert, ich bin's. Hast du das Unwetter gut überstanden?«

Hatte er.

»Was kannst du mir über den Blutschwur bei Divergenten sagen?«

Mein Blick war starr auf mein *Geschenk* gerichtet und während Albert erklärte, ließ ich langsam meine Waffe sinken.

»Danke, Albert. Bis bald«, beendete ich das kurze Gespräch.

Agrarier waren ein wortkarger Haufen und Small-Talk war nicht so unser Ding.

»Wo?«, fragte ich tonlos.

Er zog spöttisch eine Augenbraue hoch und zeigte mir die Innenseite seines linken Unterarmes. Eine dünne weiße Narbe zog sich vom Ellenbogen bis zum Handgelenk herunter.

»Hast du die nicht gesehen, als du mich gestern meiner Kleidung beraubt hast?«

»Das ist keine frische Verletzung, deswegen ist es mir nicht aufgefallen«, rechtfertigte ich mich. »Außerdem hab ich dich nicht ausgezogen, um dich anzugaffen, sondern um deine Wunden zu versorgen. Wie lange könntest du nach dem Wortbruch noch leben?«

»Zwei Minuten. Ist ein langer Schwur.«

»Warum hast du das getan?«, fragte ich entsetzt.

»Ich hatte keine Wahl.«

»Also hätten sie dich getötet, wenn du den Eid

nicht geleistet hättest?«

»Nicht mich, meine Frau«, erklärte er grimmig.

Ich schluckte und bekam fast Mitleid mit ihm.

»Verdammt«, fluchte ich, entsicherte meine Waffe und brachte sie in die Küche.

Mein *Geschenk* saß immer noch artig auf dem Sofa, als ich mit einer Flasche Wasser und zwei Gläsern zurückkam.

»Bitte«, sagte ich und schob ein volles Glas zu ihm herüber.

Er nahm es wortlos, leerte es in einem Zug und knallte es hart auf den Tisch. Unwillkürlich zuckte ich zusammen. Er sah mir wieder so intensiv in die Augen, dass ich eine Gänsehaut bekam und am liebsten davongelaufen wäre. Aus meinem eigenen Haus…

Er hatte sich nicht dafür bedankt, dass ich ihm geholfen hatte. Er schüchterte mich ein und machte nicht im Ansatz den Eindruck, als würde er tun, was ich wollte. Langsam fragte ich mich, wer hier wen als Geschenk bekommen hatte. Natürlich war die ganze Situation beschissen, aber schließlich war das nicht meine Schuld!

Ich bemühte mich redlich, dieses Mal seinem Blick nicht auszuweichen. Ich blinzelte zwar, aber ich senkte nicht die Augen.

»Wenn ich dir befehlen würde, nackt im Handstand durch mein Wohnzimmer zu laufen, müsstest du das tun, oder?«, fragte ich zuckersüß.

Respekt! Er zuckte nicht mal mit der Wimper und

sah mich weiterhin drohend an. Allerdings knurrte er ganz tief in seiner Kehle und ich war sehr froh, dass ich ihm vorher befohlen hatte, mir nichts anzutun.

Ich nahm all meinen Mut zusammen und beugte mich zu ihm vor.

»ODER?«

»Ja«, presste er hervor und versuchte vergeblich mich mit Blicken zu töten.

Ich knickte ein und brach den Augenkontakt als Erste ab. Genervt rieb ich meine Nasenwurzel zwischen Zeigefinger und Daumen und lehnte mich im Sessel zurück.

»Wie heißt du eigentlich?«

»Thoran«, antwortete er und sah mich an, als müsste ich vor Ehrfurcht erstarren und ihm eigentlich die Füße küssen.

»Pass mal auf, Thoran«, sagte ich. »Wir können hier tagelang irgendwelche Spielchen spielen, oder wir arrangieren uns so gut es geht. Du willst nicht hier sein und ich will dich nicht haben. Das sollte doch erst einmal als Gemeinsamkeit reichen, meinst du nicht?«

Thoran lehnte sich zurück, sah mich aber weiter unverwandt an.

»Ich habe nicht gewusst, welche Auswirkungen es hat, dich auf mein Grundstück zu ziehen. Es tut mir ehrlich leid, für dich und für mich.«

Er sagte kein Wort.

Breitbeinig sank er noch tiefer in mein Sofa, verschränkte seine Hände hinter dem Kopf und starrtc an die Decke.

Er konnte einem echt Angst machen. Seine dunklen Augen mit dem stechenden Blick, sein kahlgeschorener Schädel und sein schwarzer Bart um Mund und Kinn. Durch die erhobenen Arme wirkten seine Schultern noch breiter, sein Bizeps wölbte sich und seine ausgeprägten Brustmuskeln gingen über in ein eindrucksvolles Eight-Pack. Seine Haut war etwas dunkler als meine…

Oh, ich Idiot!

Hastig sprang ich auf.

»Ich schau mal eben, ob ich Ersatz für dein kaputtes Sweatshirt finde!«, rief ich und lief die Treppe zu meinem Schlafzimmer hoch.

Gott, ich war ja so dämlich! Ich durchwühlte meinen Schrank und fand ein altes ausgeleiertes T-Shirt, das ihm passen müsste. Es würde ziemlich eng sitzen, aber zumindest war es schwarz. Von der Treppe aus warf ich es ihm zu. Bedächtig zog er es an, sagte aber keinen Ton.

»Entschuldigung«, murmelte ich. »Ich hatte nicht daran gedacht, wie unwohl sich Divergenten ohne Kleidung fühlen. Ich hoffe, du dachtest nicht, ich würde ... Also dass mit dem nackten Handstand war echt nur Spaß … entschuldige bitte…«

Ich lief knallrot an und zum ersten Mal lächelte mein *Geschenk*. Ganz leicht nur, aber immerhin.

Verlegen schaute ich zur Uhr und sprang erschrocken auf.

»Verdammt, schon so spät! Können wir später

reden?«, bat ich. »Ich hab gleich ein Treffen mit einer Hexe. Wenn ich ihr nicht wie vereinbart die Ware bringe, wird sie total sauer!«

Die Hexe war meine beste Kundin. Sie wohnte nur einen Kilometer Luftlinie entfernt, doch der direkte Weg war vor ein paar Jahren bei einem Unwetter weggespült worden. Jetzt brauchte ich mit dem Wagen eine halbe Stunde und ich sollte mich wirklich beeilen. Hexen hassten Unpünktlichkeit.

»Könntest du mir vielleicht helfen, den Wagen zu beladen?«, fragte ich. »Ich bin wirklich richtig spät dran!«

Er nickte wieder nur, war wohl kein Freund von großen Worten.

Als ich das Haus verließ und zu meiner Scheune ging, folgte er mir wortlos.

»Wenn du die Waschmaschine hier und die Geräte auf dem Tisch in den Wagen lädst, baue ich schnell die Lampe hier zusammen.«

Statt einer Antwort schnappte er sich die Waschmaschine, als wäre sie eine Attrappe aus Plastik. Ich machte mich daran, die Lampe fertigzustellen. Die Hexe, mit der ich mich gleich traf, hatte sie in einem Katalog gesehen. Doch den siebenarmigen Kronleuchter würde sie mir nicht abkaufen, wenn alles in Einzelteilen in einem Karton verstaut war. Außerdem fehlten in den Bausätzen manchmal Schrauben oder andere Kleinteile, von denen ich ganze Lager hatte, Divergenten jedoch nicht.

»Du bist gar keine richtige Hexe, oder?«, hörte ich plötzlich Thorans raue Stimme direkt an meinem Ohr.

Ich schrie erschrocken auf und wirbelte herum. Doch bevor ich ihn mit dem Schraubendreher erstechen konnte, hatte er schon mein Handgelenk gepackt und hielt es fest.

»Bist du wahnsinnig, mich so zu erschrecken?«, keuchte ich, während er auf mich herabgrinste.

Mit äußerst ebenmäßigen, weißen Zähnen, wie ich nebenbei feststellte.

»Kann ich deine Hand loslassen, ohne dass du mich umbringst?«, fragte er, lächelte und beugte dabei sein Gesicht noch näher an meins.

Ich konnte die kleinen Fältchen um seine Augen und seine Mundwinkeln sehen und ein paar goldene Sprengel in seiner Iris. Das Lächeln machte die kantigen Züge seines Gesichtes weicher und er sah gar nicht mehr so gefährlich aus. Trotzdem nahm mir seine Nähe die Luft und brachte absurderweise irgendetwas in mir zum Schwingen, was schon lange stillgestanden hatte.

»Du…«, krächzte ich und befeuchtet meine Lippen mit der Zunge, »du überschreitest gerade meine persönliche Distanzzone.«

Ohne ein Wort ließ er mich los, trat zurück und deutete eine kleine Verbeugung an.

Da erst wurde mir klar, was er gerade gesagt hatte.

Mein Herz schlug wieder bis zum Hals, diesmal aber aus einem anderen Grund.

»Was meinst du damit, ich wäre keine richtige Hexe?«, fragte ich und verschränkte schützend die Arme vor der Brust.

»Eine Hexe hätte mir niemals Kleidung gegeben und mir erlaubt, sich auf ihrem Grund frei zu bewegen.«

»Warum denn nicht?«

»Weil wir Thuadaree für unsere Potenz bekannt sind. Wenn eine Hexe einen von uns auf dem Silbertablett serviert bekommt, würde sie ihn nie gehen lassen wollen«, erklärte er und sah mich dabei aufmerksam an.

»Da, ähm, da kannst du ja froh sein, dass ich keine richtige Hexe bin«, stotterte ich. »Also, ich bin überhaupt keine Hexe!«

»Meine Entführer waren sich aber sicher, dass du eine bist. Wieso wohl?«

Mir verschlug es für den Moment die Sprache. War mein gut gehütetes Geheimnis aufgeflogen? Das wäre das Schlimmste, was mir passieren könnte. Oder hatten sich seine Entführer vielleicht einfach in der Haustür geirrt? Meine Nachbarin war schließlich ganz offiziell als Hexe bekannt.

Und – heilige Scheiße – er war ein Thuadaree! Wieder lief es mir kalt den Rücken runter.

Soweit ich wusste, waren die Thuadaree so ziemlich das Magischste überhaupt. Glaubte man den Gerüchten, waren sie die einzigen Divergenten, die auch schon vor dem großen Krieg Magie wirken konnten. Angeblich hatten sie, unbemerkt von den

Menschen, in den entlegensten Gebieten im Süden und Osten unseres Landes gelebt. Auch nach dem Krieg blieben sie meist unter sich. Was die Thuadaree so einzigartig machte, war ihre Fähigkeit, Magie zu bündeln und in unglaublicher Menge in ihrem Körper und vor allem in ihren Haaren zu speichern.

Entsetzt starrte ich auf seinen kahlen Schädel.

»Sie haben dich geschoren«, flüsterte ich, als mir klar wurde, was seine Entführer ihm angetan hatten.

Sein Blick wurde augenblicklich hart.

»Ich will dein Mitleid nicht«, fuhr er mich an und hatte gleich wieder diesen furchteinflößenden Todesblick.

»Bekommst du auch nicht«, schnauzte ich zurück. »Ich versuche nur, freundlich zu dir zu sein und zu vergessen, dass du mein Geschenk bist.«

Bei dem Wort *Geschenk* zuckte er leicht zusammen.

»Ich habe deine Wunden versorgt, teile mein Bad mit dir und du trägst meine Klamotten. Da könntest du ruhig ein bisschen netter sein. Ich will dich hier nicht. Aber weil ich das im Moment nicht ändern kann, mache ich das Beste daraus. Wäre echt schön, wenn du das auch versuchen würdest.«

Er sah nicht so aus, als würde er das in Erwägung ziehen.

»Weißt du was?«

Wütend tippte ich mit dem Finger gegen seine breite Brust.

»Wenn ich gleich weg bin, hast du Zeit dir zu überlegen, wie es mit uns beiden weitergehen soll.

Und wenn du nicht bereit bist, ein bisschen netter zu mir zu sein, kannst du dich gleich wieder an den Heizkörper ketten.«

Ich rauschte an ihm vorbei, stieg in meinen Wagen und fuhr davon.

Die Hexe wartete schon vor ihrem Tor und winkte mich in ihre sichere Festung.

»Na, Schwester, alles okay?«, begrüßte sie mich und sah mich forschend an.

»Alles gut«, gab ich zurück und reichte ihr die Hand. »Ich hatte nur etwas Stress mit einem Städter.«

Beruhigt nickte die Hexe. Sie hatte wohl meine negativen Schwingungen gespürt, die Erklärung dafür aber ohne zu zögern akzeptiert. Neugierig musterte sie die Ware und ihre Begeisterung, vor allem für den Kronleuchter, konnte sie nicht verbergen. Jetzt gingen die Verhandlungen los! Ich liebte es zu feilschen, genauso wie die Divergenten. Angebot – großes Palaver – Gegenangebot – Suche nach versteckten Mängeln – Angebot – vorgetäuschter Herzinfarkt - Gegenangebot – aber nur weil du es bist…

Das Ganze konnte sich gerne über Stunden hinziehen. War man sich handelseinig, gab der Verkäufer, also ich, noch einen aus. Ich hatte überwiegend Stammkunden und diese Hexe hier liebte trockenen Weißwein. Ich zog also grinsend die Flasche aus dem Wagen und die Hexe holte ein Tablett mit Brot und Käse aus dem Haus. Nachdem wir die Waren getauscht hatten, setzten wir uns in ihren Garten und ließen es uns gut gehen.

Zu Beginn redeten wir über das Wetter und die allgemeine politische Lage. Beides seit Jahren unverändert. Als wir die halbe Flasche geleert hatten, ging es um andere Hexen und Agrarier. Wem zuletzt ein Zauber total in die Hose gegangen war und wer ein totsicher geglaubtes Geschäft vermasselt hatte.

»Gibt's hier in der Gegend eigentlich Thuadaree?«, fragte ich nebenbei.

»Nee, wenn du mit denen Handeln willst, musst du ziemlich weit fahren. Ein Volk wohnt dreihundert Kilometer südwärts, das andere fünfhundert Kilometer Richtung Osten.«

»Ach nö, das ist mir zu weit.«

»Solltest du dir aber mal überlegen«, widersprach die Hexe.

»Wieso?«

»Ich hab gehört, sie können Batterien und Akkus der Städter aufladen, so dass diese Jahrzehnte lang funktionieren.«

»Ach.«

Jetzt war ich sehr interessiert, alternative Energiequellen brachten gutes Geld.

»Ja, ja«, bestätigte die Hexe. »Nur handeln sie niemals mit Menschen. Du bräuchtest also einen vertrauensvollen Divergenten als Geschäftspartner.«

»Und du kennst so einen?«, fragte ich scheinheilig.

»Schon möglich«, antwortete die Hexe und nahm noch einen tiefen Schluck aus der Flasche.

»Darüber sollten wir uns beim nächsten Mal

unbedingt unterhalten. Bevor wir anfangen zu trinken.«

Ich zwinkerte ihr zu, nahm ihr die Flasche aus der Hand und setzte sie an die Lippen.

»Da hast du wohl recht«, lachte die Hexe. »Wie kommst du jetzt eigentlich auf die Thuadaree?«

»Nur so«, wiegelte ich ab. »Habe vor ein paar Tagen eine verrückte Geschichte gehört über einen Thuadaree, der zur Strafe an eine Hexe verschenkt werden.«

Die Hexe lachte laut.

»Das müsste mir mal passieren. Ich habe eine Cousine, die weiter im Osten wohnt. Die hatte mal das Glück, für ein Jahr einen als Geschenk zu bekommen. Die Thuadaree bestrafen ihre Leute oft, indem sie sie für eine bestimmte Zeit einer Hexe schenken. So sollen sie Demut und Unterwerfung lernen. Bei einem Volk voller Egozentriker kann eben nicht jeder der Erste sein. Meine Cousine schwärmt heute noch davon und es hat drei Jahre gedauert, bis sie an einem einfachen Hexer wieder Gefallen finden konnte.«

»Willst du damit sagen, sie hat ihn als Sexsklaven gehalten?«, fragte ich entsetzt.

»Krieg dich wieder ein, Schwester, die haben nichts anderes verdient.«

Auf den Schrecken nahm ich noch einen kräftigen Schluck und reichte die Flasche zurück.

»Die Thuadaree sind stolz, überheblich und dickköpfig«, fuhr die Hexe fort. »Sie fühlen sich wie das Ende der Nahrungskette, wenn du weißt was ich meine.«

Oh ja, absolut, dachte ich, nickte jedoch nur vage.

»Sie sind die begabtesten Divergenten«, fuhr die Hexe fort. »Wenn sie sich damals im großen Krieg auf unsere Seite gestellt hätten, wären die Städter untergegangen. Aber die Thuadaree fühlten sich ja so überlegen, dass sie unsere Hilfegesuche nicht einmal beantwortet haben. Sie schweben so weit über den Dingen, dass sie sich nicht mit *Streitereien* des Fußvolkes beschäftigen wollen.«

Wütend spuckte sie auf die Erde.

Ganz vorsichtig jetzt, dachte ich, der große Krieg war ein heikles Thema.

»Und was hat deine Cousine mit dem Thuadaree gemacht?«, lenkte ich das Gespräch in eine andere Richtung.

Die Hexe atmete tief durch, dann grinste sie.

»Sie hat seinen Willen gebrochen«, antworte sie stolz. »Zuerst wollte er sie einschüchtern. Schließlich war er ja ein Thuadaree und sie nur eine dumme Hexe. Aber sie hatte jetzt die Macht über *ihn*. Sie hat ihn ein paar Wochen bei Wasser und Brot im Keller gehalten. Wenn er dann mal etwas freundlicher zu ihr war, hat sie ihm Dinge erlaubt, die ihm wichtig waren. So wie Duschen oder die Toilette benutzen, statt des Eimers im Keller. Schließlich wurde er immer fügsamer.«

Wirklich schade, dass mein Haus keinen Keller hatte.

*

Ich gestehe, ich war leicht angetrunken, als wir uns verabschiedeten und ich in meinen Wagen stieg. In der Stadt war das Fahren unter Alkoholeinfluss natürlich verboten. Rein rechtlich galt dies am Tag auch für die Outbacks, aber auf die Landstraßen verirrte sich kaum ein Städter. Ihre Gesetzeshüter bewachten nur die Autobahnen, die die einzelnen Stadtfestungen untereinander verbanden.

Zuhause angekommen sortierte ich die verschiedenen Amulette, die ich als Bezahlung von der Hexe bekommen hatte in meine Vorratskammer. Es waren ein paar sehr seltene Schönheitszauber darunter. Der, mit dem man sich um zehn Jahre verjüngen konnte, würde gutes Geld einbringen!

Erst als ich alles verstaut hatte, fiel mir auf, dass ich Thoran nirgends sehen konnte.

Ich rief nach ihm, erhielt aber keine Antwort. Also machte ich mich auf die Suche. Er war nicht in der Scheune und auch nicht hinter dem Haus. Mein Grundstück umfasste gut zweitausend Quadratmeter, aber verstecken konnte man sich hier eigentlich nicht.

Vielleicht hatte er sich im Gästezimmer hingelegt? Ich ging also wieder ins Haus, klopfte leise an die Zimmertür und trat ein mit den Worten: »Entschuldige bitte, wenn ich störe, aber ich wollte nur wissen…«.

Mehr bekam ich nicht über die Lippen.

Fassungslos starrte ich auf Thoran, der auf dem Boden vor der Heizung lag. Nicht etwa niedergeschlagen und blutüberströmt. Nein, er lag entspannt auf dem Rücken und hatte die Füße überkreuzt. Decke und Kissen, die heute Morgen noch auf der Erde lagen, hatte er aufs Gästebett geschmissen und mein schwarzes Bollershirt lag oben drauf. Mit nacktem Oberkörper hatte er einen Arm angewinkelt und sein Kopf ruhte auf seiner Hand. Die andere Hand war mit der Handschelle an den Heizkörper gefesselt. Er blickte stur an die Decke und ignorierte mich völlig.

»Thoran, was machst du da?«

»Ich befolge deine Befehle«, knurrte er, ohne mich anzusehen.

»Ähm, wenn ich mich richtig erinnere, hatte ich gesagt, du solltest überlegen wie wir besser miteinander auskommen können«, widersprach ich.

»Oder ich soll mich wieder an den Heizkörper ketten«, ergänzte Thoran mürrisch.

Okay, vielleicht lag es am Alkohol. Vielleicht war es auch der Anblick dieses halbnackten Muskelpaketes, das störrisch an meinem Heizkörper hing. Auf jeden Fall brach ich in schallendes Gelächter aus. Und während Thoran mich mit seinem Todesblick ansah, wischte ich mir die Tränen aus den Augen.

»Tja, wie ich sehe, hast du also deine Wahl getroffen«, kicherte ich und versuchte ehrlich mich zu beherrschen. »Und warum hast du das Shirt wieder ausgezogen?«

»Ich will deine Almosen nicht«, schnappte er und an seiner Schläfe konnte man deutlich eine Ader pochen sehen.

Das konnte allerdings nicht verhindern, dass ich einen erneuten Lachflash bekam. Ehrlich, der Kerl war doch nicht ganz dicht!

Thoran hatte sich mittlerweile aufgesetzt. Er lehnte wie heute Morgen mit dem Rücken an der Wand, Todesblick.

»Thoran, also wirklich.« Ich schüttelte den Kopf und schenkte ihm ein ungläubiges Lächeln. »Wir müssen uns dringend unterhalten.«

Seine Augen versprachen einen langen und qualvollen Tod. Ich hielt seinem Blick stand und wurde langsam echt sauer.

»Vergiss nicht, dass du derjenige bist, der verschenkt wurde«, sagte ich. »Wenn du mir hier das Leben zur Hölle machst, kann ich sehr, sehr unangenehm werden.«

Das *qualvoll* verschwand aus seinem Blick, aber *Tod* konnte ich noch recht deutlich lesen.

»Ich erwarte dich in fünf Minuten nebenan.«

Ich drehte mich auf dem Absatz um und ging zurück ins Wohnzimmer.

Gerade hatte ich mich mit einem Glas Wasser in meinen Lieblingssessel gesetzt, als ich einen Knall hörte. Erschrocken sprang ich auf. Metall knirschte und es schepperte laut im Gästezimmer. Ich riss die Tür auf und erstarrte. Thoran stand mitten im Raum und die Handschelle baumelte von seinem

Handgelenk. Mein Heizungsrohr war aus der Wand gerissen, das Wasser lief daraus auf meinen Holzboden und sickerte langsam zwischen die Dielen.

Bebend vor Wut stand ich vor ihm. Am liebsten hätte ich ihm eine schallende Ohrfeige verpasst, aber ich konnte mich in letzter Sekunde beherrschen.

»Ich habe keinen Schlüssel und du hast mir befohlen zu kommen«, erklärte er provozierend.

»Raus«, zischte ich und mein Blick sagte tausend lange und qualvolle Tode.

Thoran sah mich ungläubig an.

»Raus aus meinem Haus, oder ich vergesse mich«, drohte ich und stieß ihn Richtung Tür.

Er muss wohl getan haben, was ich sagte, während ich mit meinem Schlabbershirt versuchte, provisorisch das Rohr zu stopfen. Dann lief ich los und holte Eimer und Aufnehmer, um meinen Holzboden zu retten. Zwei Stunden und zig Eimer später hatte ich das meiste Wasser aufgefangen. Was zwischen die Dielen gelaufen war, würde einfach verdunsten müssen. Irgendwann musste dieses feucht-schwüle Wetter ja mal aufhören.

Am Ende meiner Kräfte ließ ich mich in meinen Sessel sinken. Einen Moment lang starrte ich an die Decke, dann kamen die Tränen. Ich heulte um meinen schönen Fußboden, den ganzen Schlamassel in den ich geraten war und weil es einfach mal wieder nötig war.

Draußen regnete es schon wieder sintflutartig, aber

ich glaube, ich war besser.

Als ich am nächsten Morgen aufwachte, lief ich sofort in mein Gästezimmer, um den Schaden zu begutachten. Der Boden war zum Glück nicht aufgequollen und aus dem Heizungsrohr tropfte es nicht mehr. Kurz fragte ich mich, ob Thoran die Nacht wohl in meiner Scheune oder im Schlamm vor meiner Haustür verbracht hatte, entschied dann aber, dass mir das völlig egal war.

Und da ich wirklich überhaupt keine Lust hatte, mir einen weiteren Tag von ihm vermiesen zu lassen, beschloss ich in die Stadt zu fahren. Heute war Markttag und sicher konnte ich einige der neuen Amulette für gutes Geld an den Mann bringen.

»Ich fahre in die Stadt«, rief ich, als ich in den Wagen stieg und Thoran nirgends entdecken konnte. »Du darfst in mein Haus, wenn ich nicht da bin.«

Ich knallte die Autotür zu und fuhr zum Tor, das sich auf meinen mentalen Befehl hin öffnete.

»Aber mach bloß nichts kaputt!«, brüllte ich noch aus dem Seitenfenster, bevor sich mein Tor hinter mir wieder schloss.

Geschäftlich war der Tag ein voller Erfolg. Am frühen Nachmittag hatte ich alle Amulette verkauft und war mit dem Gewinn sehr zufrieden. Ich hatte einige Agrarier getroffen, nette Gespräche geführt und neue Kontakte geknüpft. Gut gelaunt kam ich vor Einbruch der Dämmerung wieder zu Hause an. Es war nicht dunkel, es regnete nicht in Strömen und ich hatte nichts vor meinem Tor liegen.

Ich machte mir eine Tasse Kaffee, setzte mich entspannt auf die Bank vor meiner Haustür und genoss die letzten Sonnenstrahlen. Eine leichte kühle Brise wehte und am Himmel sah nichts nach Wolkenbruch aus.

Nur Thoran, der regungslos in der Tür meiner Scheune stand, hatte *Gewitter* im Gesicht stehen.

Ich ignorierte ihn.

Aus dem Augenwinkel sah ich, wie er sich mir näherte. Als er direkt vor mir stand und ich nichts anderes mehr sah als seinen nackten Bauch, konnte ich beim besten Willen nicht mehr so tun, als wäre er nicht da.

Ich schaute zu ihm auf, er sah auf mich herab. Diese Position schien ihm zu gefallen, denn ich konnte weder Tod noch Folter in seinem Blick erkennen.

»Möchtest du dich setzen?«, fragte ich.

Er nahm wortlos neben mir Platz, lehnte sich jedoch abweisend vor und stützte die Ellenbogen auf seine Knie. Die Haut um sein Handgelenk war aufgescheuert und geschwollen, von meiner Handschelle war nichts mehr zu sehen. Ich würde mir wohl eine Neue kaufen müssen.

»Wenn du Hunger hast, kannst du dir was aus dem Kühlschrank nehmen«, bot ich seinem breiten Rücken an.

»Ich nehme keine Al…«

»STOP«, unterbrach ich ihn.

Er stutzte und sah mich fragend an.

»Ich hatte heute einen richtig schönen Tag. Bevor ich dir jetzt befehlen muss, ihn nicht zu ruinieren, denke bitte kurz nach, bevor du sprichst«, fuhr ich fort. »Dein Magen knurrt so laut, dass es fast schon Lärmbelästigung ist. Ich will hier keinen verhungerten Zwei-Meter-Mann auf meinem Grundstück vergraben, nur weil der sich in den Kopf gesetzt hat, mir das Leben schwer zu machen.«

Thoran guckte so verdutzt, dass ich mir ein Lachen verkneifen musste.

»Komm, wir essen gemeinsam«, schlug ich versöhnlich vor.

Ich stand auf und er folgte mir tatsächlich ins Haus. Den Mengen nach zu urteilen, die er verspeiste, hatte er den ganzen Tag wirklich noch nichts gegessen.

Später setzte ich mich in den Sessel, Thoran nahm unaufgefordert auf dem Sofa Platz. Die ganze Zeit über hatte er kein Wort gesagt und ich überlegte angestrengt, wie ich ein vernünftiges Gespräch mit ihm anfangen konnte.

»Ich bin wirklich sehr verärgert darüber, dass du gestern meine Heizung demoliert hast«, begann ich und merkte im selben Moment, dass dies wohl nicht die diplomatischste Art gewesen war.

Thoran hatte wieder die Hände hinter dem Kopf verschränkt, präsentierte seinen nackten muskelbepackten Oberkörper und sah an die Decke.

»Das war der Grund dafür, dass ich heute nicht daran gedacht habe, dir passende Klamotten aus der Stadt mitzubringen«, fuhr ich fort.

Er senkte langsam den Blick, seine Haltung änderte sich jedoch nicht.

»Ich weiß, dass Divergenten nicht gerne ohne Kleidung herumlaufen«, erklärte ich und sah ihm in die Augen. »Wenn es unser Verhältnis verbessert, gucke ich gerne, ob ich oben noch ein anderes Shirt finde. Und morgen fahre ich in die Stadt, um dir etwas Passendes zu kaufen. Ehrlich gesagt, finde ich es etwas befremdlich, wenn du hier so halbnackt herumläufst.«

Er sah mich abschätzend an.

»Ich habe weder Geld noch einen Funken Magie im Leib, um Sachen zu bezahlen.«

»Wenn du es nicht einfach so annehmen willst, kannst du es abarbeiten«, schlug ich vor.

Seine Augenbrauen schnellten in die Höhe und unter seinem bohrenden Blick wurde ich rot.

»Ich meine damit, du könntest mir helfen, meine Scheune zu reparieren oder die Wiese um meine Festung herum zu mähen«, erklärte ich schnell.

Er starrte mich immer noch wortlos an.

»Ehrlich, Thoran«, sagte ich genervt, »ich verstehe nicht, wo das Problem liegt!«

»Ich bin gezwungen zu tun, was du willst. Aber ich muss mich nicht widerspruchslos von dir demütigen lassen«, knurrte er.

»Demütigen?«

»Du beraubst mich meiner Kleidung«, zählte er wütend auf. »Stattdessen gibst du mir deine abgetragenen Sachen, die irgendwo in der Ecke lagen und stinken. Ich musste mich selbst fesseln und mich dann von dir auslachen lassen. Ich wurde aus deinem Haus in ein Unwetter verbannt, ich musste hungern und jetzt soll ich auch noch niedere Arbeit für dich verrichten. Das ist schon mehr als demütigend!«

Okay, vielleicht war mein Shirt etwas muffig gewesen. Das mit dem Anketten war aber lediglich eine Alternative gewesen. Ja, ich hatte gelacht und ihn rausgeschmissen. Aber das hatte er sich schließlich selbst eingebrockt. Und dass er sich nichts zu essen genommen hatte, war doch nicht meine Schuld! Und allein der Ausdruck *niedere Arbeit*! Dieser Mann war mir einfach zu anstrengend. Ich fuhr mit den Händen über mein Gesicht und massierte mir die Schläfen.

»Wie wäre es, wenn du das einfach vergisst und wir

noch einmal von vorne anfangen«, sagte ich schließlich. »Wir sollten unsere Energie darauf verwenden herauszufinden, warum du mir vor die Tür gelegt wurdest und wer dafür verantwortlich ist. Ganz zu schweigen davon einen Weg zu finden, um diese lästige Geschenkesache rückgängig zu machen.«

Aufmerksam sah er mich an.

»Ich hatte noch nie zuvor mit einem Thuadaree zu tun. Bei Hexen und Magiern weiß ich ungefähr wie sie ticken und wie man mit ihnen klar kommt. Wenn ich dir also irgendwie auf die Füße trete, dann sag es doch einfach und wir klären das sofort.«

Er nickte herablassend.

»Was weißt du über uns?«

»Unter den Divergenten seid ihr die begabtesten«, zählte ich auf. »Ihr könnt Magie umwandeln und in euren Körpern, in den Haaren oder in Gegenständen speichern. Außerdem seid ihr überheblich und verachtet nichtmagische Menschen.«

»Wir sind nicht überheblich«, widersprach Thoran. »Wir sind ein sehr stolzes Volk! Wenn wir gedemütigt werden, lechzt unsere Seele nach Vergeltung und findet nicht eher Ruhe, bis sie sie bekommt.«

»Und weil ich dich in deinen Augen so *gedemütigt* habe, benimmst du dich mir gegenüber wie…«

Ich verstummte. Ich wollte nicht auch noch Beleidigungen auf meiner Liste der Verfehlungen haben.

Thoran nickte.

»Wie du vorhin richtig sagtest, können wir Magie in

unserem Körper speichern«, fuhr er fort. »Deswegen verhüllen wir ihn, um diese Magie zu schützen und zu verhindern, dass sie durch die Blicke anderer aus uns herausgesogen wird.«

Oh-oh, dachte ich und erinnerte mich daran, wie ich ihn eingehend auf der Suche nach Verletzungen angesehen hatte. Und wie ich ihn gestern und heute einfach anstarren musste, als er so wie jetzt vor mir auf dem Sofa saß.

»Ist denn gar nichts mehr übrig?«, fragte ich beklommen.

Er schüttelte grimmig seinen kahlgeschorenen Kopf.

»Oh Gott, Thoran«, entschuldigte ich mich. »Ich hab das nicht gewusst. Warum hast du mir das denn nicht gleich gesagt?«

Ich brauchte ihn nur anzusehen und hatte schon die Antwort auf meine Frage: stolzes Volk.

»Es tut mir leid«, sagte ich kleinlaut.

»Entschuldigung angenommen«, erwiderte er. »Doch meine Seele braucht Genugtuung!«

»Okay«, seufzte ich, »was soll ich machen? Soll ich mich irgendwo anketten oder einen Tag lang hungern?«

»Zieh dich aus.«

»Wie bitte?«

»Du hast mich nackt gesehen, ich will dich nackt sehen.«

»Ja, aber du warst verletzt! Ich musste doch nachsehen, ob du…«

»Du hast mich nackt gesehen«, wiederholte er erbarmungslos und sah mich auffordernd an.

»Aber…«

Er schüttelte nur den Kopf, verschränkte die Arme vor der Brust und verzog keine Miene.

In dem Moment fiel mir wieder ein, dass er eine Frau hatte. Wer einen Bluteid leistete, um ihr Leben zu schützen, musste schon sehr verliebt sein. Mich nackt sehen zu wollen, war für ihn anscheinend wirklich eines dieser Auge-um-Auge Dinge. Außerdem hatte er in gewisser verdrehter Weise sogar Recht und ich wollte nicht, dass unsere erzwungene Gemeinschaft an meiner Schamhaftigkeit scheiterte.

»Also gut«, gab ich nach. »Aber meine Unterhose lass ich an. Die hab ich dir schließlich auch nicht ausgezogen.«

Er legte den Kopf schief und musterte mich berechnend.

»Ich war bewusstlos«, erklärte er.

Ich schnappte empört nach Luft.

»Was glaubst du eigentlich von mir? Ich hab dich mit letzter Kraft in mein Haus gezerrt, hab deine Wunden versorgt und war total in Panik. Das Letzte woran ich gedacht habe, war einen Blick in deine Unterhose zu werfen!«

»Also *hast* du daran gedacht«, stellte er ungerührt fest.

»Nein!«, rief ich. »Das ist doch nur so eine Redewendung, arrgh!«

Wutentbrannt stand ich auf und öffnete den

Reißverschluss meiner Shorts.

»Du bist ja…«

Mit einem Ruck zog ich Hose und Unterhose herunter.

»… so ein…«

Ich zog mein Shirt aus und warf es ihm gegen die Brust.

»…Arschloch!«

Ich öffnete die Ösen meines BHs und pfefferte ihn auf den Sessel. Ich war so aufgebracht, dass mir meine Nacktheit nicht einen Moment lang peinlich war.

»Ist deine *Seele* jetzt zufrieden?«

Wütend stemmte ich die Hände in die Hüften.

Thoran saß wie versteinert auf dem Sofa und verzog keine Miene.

»Ich gehe mal davon aus und wünsche dir jetzt eine gute Nacht! Und wehe du bist morgen nicht etwas netter zu mir«, fauchte ich, drehte mich um und stieg, nackt wie ich war, die Treppe hoch.

Auf der letzten Stufe hörte ich, wie die Haustür laut ins Schloss fiel. Ich drehte mich um, Thoran war verschwunden.

Im Schlafzimmer zog ich mir was über, schaltete das Licht aus und ging zum Fenster, um es zu öffnen. Plötzlich stutzte ich. Thoran stand mit dem Rücken zu mir breitbeinig an meiner Scheune. Was zum Henker tat er da? Pinkelte er etwa in meinen Garten? Wütend trat ich noch etwas näher an die Scheibe, um besser sehen zu können. Mit der einen Hand stützte sich Thoran an der Wand ab, der andere Arm bewegte sich rhythmisch auf und ab.

Ich lief knallrot an, beschloss, dass frische Luft einfach überbewertet wurde, und legte mich schleunigst schlafen.

Mitten in der Nacht schreckte ich auf und mein Herz klopfte bis zum Hals. Irgendetwas hatte an meinem Wehr gekratzt. Beunruhigt stand ich auf, lief herunter und stieß im Wohnzimmer mit Thoran zusammen.

»Hast du das auch gespürt?«, flüsterte ich.

Im Halbdunkel sah ich sein Nicken. Ich wollte gerade zur Tür, da zog er mich zurück.

»Bleib hinter mir«, sagte er leise und wir traten nach draußen.

Der Mond schien hell auf mein Grundstück. Wir konnten jedoch nichts Ungewöhnliches hören oder sehen.

»Ich geh ums Haus, du um die Scheune«, entschied ich und wir trennten uns.

Doch auch hinter den Gebäuden war alles unverändert. Ich holte meinen Live-Scan aus dem Haus. Auf der Anzeige sah ich nur Thoran und viele kleine Pünktchen.

»Ich würde gern mental meinen Hof und meine Wehre checken. Daher befehle ich dir, mich in Ruhe zu lassen, solange ich in Trance bin.«

Thoran schaute mich überrascht an.

»Ich mache das normalerweise nur, wenn ich alleine bin«, erklärte ich.

»Du traust mir nicht!«, stellte er fest, klang aber zu meiner absoluten Überraschung nicht beleidigt.

»Nicht weiter, als ich dich werfen kann«, gab ich zurück.

Sein Mundwinkel zuckte leicht nach oben, er trat zurück und deutete eine Verbeugung an. Ich atmete tief durch, schloss die Augen und streckte meine geistigen Fühler aus.

Zuerst sah ich Thoran vor mir. Er leuchtete orange, ein Kopfmensch also, mit starkem Willen und hoher Selbstkontrolle. Der Schlag ins Rote wies auf Dominanz und Führungswillen hin. Das wunderte mich gar nicht. Ein bisschen irritierend fand ich den leicht schmutzig-roten Bereich in der unteren Körpermitte. Begierde und Sinnlichkeit? Wohl noch der Nachhall von seiner Verabredung mit meiner Scheune.

Ich konzentrierte mich wieder auf das Wesentliche und begann, mich langsam im Kreis zu drehen. Alles, wie man so schön sagt, im grünen Bereich. Die Wehre waren intakt, alles war friedlich bis auf einen kleinen schwarzen Fleck, der sich direkt an meinem Tor befand!

Ich zog mich wieder zurück, machte die Augen auf und sah Thoran, der mich fassungslos anstarrte.

»War ich zu lange weg?«, fragte ich, doch allzu lange kann es nicht gewesen sein.

Die Sonne war noch nicht aufgegangen.

»Deine Augen«, murmelte er bestürzt.

»Ähm, was ist damit?«

Er schüttelte den Kopf.

»Später«, wehrte er ab. »Hast du was gesehen?«

»Irgendwas ist mit meinem Tor«, antwortete ich und ging mit ihm zu meiner Einfahrt. »Hier direkt an der Tür war ein kleiner schwarzer Fleck.«

»Halt!«, rief ich im nächsten Moment, doch da hatte Thoran schon an das Tor gefasst und wurde prompt fünf Meter weit zurückgeschleudert.

Er stöhnte und rappelte sich langsam wieder auf.

»Du hast ein Wehr, das Thuadaree abhalten kann?«, fragte er ungläubig.

»Ja, scheint so«, gab ich zurück. »Ich hätte dich schon längst davor warnen sollen. Ich hab es einfach vergessen«, entschuldigte ich mich. »Mein Wehr kann nicht unterscheiden, ob jemand rein oder raus will. Besser hab ich es nicht hinbekommen.«

»Ich habe versucht, Magie aus deinem Wehr zu ziehen, aber es hat nicht geklappt«, fuhr er fort, als hätte er meine Entschuldigung gar nicht gehört. »Das hier ist das stärkste Wehr, das ich je gesehen habe.«

»Du hast versucht, mein Wehr anzuzapfen?«, schrie ich ihn an. »Bist du jetzt total bescheuert? Das ist mein Wehr, mein Schutz, meine Lebensversicherung!

Mach das noch einmal und ich, ich…«

»Reg dich ab, hat ja eh nicht funktioniert«, brummte er und wischte sich den Staub von der Hose. »Lass uns lieber sehen, was der schwarze Fleck bedeutet.«

Vorsichtig öffnete ich von Hand das Tor. An der Außenseite hing ein Zettel mit einem Messer an das Holz genagelt.

Im Haus faltete ich das Papier auseinander und las es vor:

»Du machst Fehler, kleine Hexe. Das wird Folgen haben. Du lässt deinen Thuadaree frei umherlaufen und erlaubst ihm, sich vor deinem Schlafzimmerfenster zu befriedigen!«

Ich stockte und sah Thoran erschrocken an.

»Wir werden beobachtet!«, flüsterte ich.

»Du hast mich gesehen!«, knurrte er, verschränkte die Arme vor der Brust, Todesblick.

Ich verdrehte die Augen.

»Du hast mit dem Rücken zu meinem Schlafzimmerfenster an der Scheune gestanden. Wie sollte ich dich da nicht sehen? Als ich geschnallt habe, was du da machst, hab ich mich umgedreht und bin ins Bett gegangen. Ich habe keinen Blick auf deine Kronjuwelen werfen können, dafür warst du viel zu weit weg! Außerdem hast du versucht, mein Wehr anzuzapfen! Ich würde sagen, damit dürften dann unsere Seelen beide wieder im Gleichgewicht sein.«

Einen kurzen Moment lang sah er mich verdutzt

an, dann lachte er. Es war ein tiefes, grollenden Lachen. Und wenn ein Lächeln ihn schon weniger gefährlich wirken ließ, machte ihn das Lachen fast schon sympathisch.

»Du lernst schnell, kleine Hexe«, sagte er anerkennend.

»Viel wichtiger ist doch die Tatsache, dass wir beobachtet werden!«

»Aber nicht hier im Haus«, entgegnete Thoran. »Sonst hätte man sicher meine Vergeltung von heute Abend angesprochen.«

Ich schwieg betroffen.

»Heute Nacht werden wir nichts zu befürchten haben«, erklärte er. »Wer auch immer deinem Tor so nahe gekommen ist, wird noch ordentlich mit dem Nachhall deiner Magie zu kämpfen haben.«

»Wie geht es dir denn eigentlich, nach dem Zusammenstoß mit meinem Wehr«, fragte ich besorgt.

Ansehen tat man ihm nichts mehr, aber ich konnte ja schließlich nicht in ihn hineinschauen.

»Mir geht's gut«, beruhigte er mich. »Vermutlich magst du mich und dein Wehr hat das gespürt.«

»Wohl kaum«, antwortete ich und gähnte. »Lass uns jetzt wieder schlafen gehen. Wir können morgen weiterreden.«

»In Ordnung«, stimmte Thoran zu.

Ich stand auf und wollte zur Treppe, doch Thoran stellte sich mir in den Weg. Seine Miene war unergründlich und er sah mir so tief in die Augen, dass mir ganz mulmig wurde.

»Hättest du mir gern zugesehen?«, fragte er mit rauer Stimme.

Einen Moment lang wusste ich nicht, was er meinte. Dann bekam ich rote Ohren.

»Gute Nacht, Thoran«, krächzte ich, drehte mich um und floh nach oben.

»Gute Nacht, kleine Hexe«, erwiderte er grinsend und verschwand im Gästezimmer.

»Bestimmt werden wir von den Bäumen aus beobachtet oder jemand hat dort Kameras installiert«, vermutete ich am nächsten Morgen.

Thoran nickte.

»So kann man alles hier im Auge behalten und muss nicht mal in der Nähe sein.«

»Aber trotzdem konnten sie so schnell reagieren!«, widersprach ich. »Ich meine, keine vier Stunden nachdem du… also, war auf jeden Fall die Nachricht an der Tür.«

Thoran verzog kurz das Gesicht.

»Oder sie haben Komplizen in der Gegend.«

»Auf jeden Fall steht fest, dass wir beide hier wie Gefangene sind. Wir können nichts unternehmen, ohne das es bemerkt wird.«

»Und was schlägst du vor?«, fragte er.

»Hast du Familie oder Freunde, die uns helfen können? Wir könnten zu ihnen gehen. Als Geschenk bist du doch nur an mich gebunden, nicht an mein Haus, oder?«

Thoran nickte.

»Oder wir gehen zu deiner Frau?«, schlug ich vor. »Sie ist bestimmt froh wenn Sie weiß, dass du noch lebst.«

»Sie ist tot.«

»Was?«, rief ich entsetzt. »Woher weißt du das? «

»Durch das Band der Ehe waren wir eng miteinander verbunden. Ich habe es gespürt, als sie ihr das Leben genommen haben.«

»Aber du hast doch für sie den Bluteid geschworen. Wie konnten sie sie da umbringen?«

»Sie haben wohl jemanden geholt, der nicht an das Versprechen gebunden war. Als ich den Schwur leistete, war ich schon drei Tage in ihrer Gewalt und habe nicht mehr auf die feinen Formulierungen geachtet.«

»Oh, Thoran, das ist ja entsetzlich.«

Mitfühlend legte ich meine Hand auf seine. Ich kam mir plötzlich unglaublich mies vor. Erst verlor er seine geliebte Frau, dann kettete ich ihn an den Heizkörper und bedrohte ihn mit einer Waffe. Kein Wunder, dass er so neben der Kappe war.

Langsam entzog er mir seine Hand.

»Hätten sie es nicht gemacht, hätte ich es getan.«

Ungläubig starrte ich ihn an.

»Wie bitte?«

»Sie war diejenige, die mich betäubt hat, damit man mich entführen konnte.«

»Woher weißt du das?«, fragte ich bestürzt.

»Sie hat es mir gesagt.«

»Wann denn?«

Ich konnte kaum glauben, was Thoran erzählte.

»Kurz bevor sie mich vor dein Tor gelegt haben, haben sie mich ein letztes Mal zusammengeschlagen. Sie stand plötzlich lachend neben den Männern. Sie hat es genossen mich leiden zu sehen. Als ich völlig fertig am Boden lag, hat sie es mir ins Ohr geflüstert und mir ein Messer ins Bein gerammt.«

Dieser stolze Mann war aufs Übelste misshandelt und gedemütigt worden. Ich mochte mir gar nicht vorstellen, was in seinem Innern losgewesen war. Ganz zu schweigen von dem Blick, den er da wohl gehabt hatte.

»Ich weiß nicht, was ich sagen soll«, gab ich betroffen zu. »Wenn ein Mensch, den man liebt, einem so etwas antut…«

»Aber ich habe sie nicht geliebt«, widersprach Thoran irritiert.

»Ähm, wieso hast du sie dann geheiratet?«

»Es war eine arrangierte Hochzeit, um die Beziehungen zwischen dem Ostvolk und dem Südvolk der Thuadaree zu festigen.«

»Und jetzt wo sie tot ist, gibt es Krieg?«, fragte ich besorgt.

»Natürlich nicht. Ich hab sie ja nicht umgebracht.«

»Ah, ja«, gab ich von mir, obwohl ich das Ganze nicht wirklich verstand. »Habt ihr Kinder?«

»Um Himmelswillen, doch nicht mit *der* Frau!«, entrüstete sich Thoran.

»Aber einen Bluteid hast du trotzdem geschworen

um ihr Leben zu retten?«

»Sonst wäre es ja meine Schuld und somit die meines Volkes gewesen, wenn sie gestorben wäre. *Dann* hätte es Krieg gegeben.«

Okay, ich beschloss, das Ganze einfach mal unkommentiert im Raum stehen zu lassen.

»Wie sieht es mit deiner Familie aus? Gibt es da jemanden, der dir helfen kann herauszufinden, wer das war und warum!«

»Das ist schwierig. Es kann sein, dass alles mit meiner Familie zu tun hat. Im Moment weiß ich nicht, wem ich trauen kann und wem nicht.«

»Warum?«

Thoran schwieg.

» Jetzt sag schon, was ist mit deiner Familie?«

»Ist das ein Befehl?«, fragte er abweisend.

Ich stutzte – ach ja! Ich konnte ihm Befehle erteilen! Wie praktisch…

»Da es mich persönlich betrifft und es keine demütigende Frage ist, sag ich mal JA!«

»Der Herrscher der Thuadaree des Südens ist alt und wird bald sterben«, begann er stockend. »Er wird mit seinem Tod seine Magie und die Macht über das Volk an einen seiner Söhne weitergeben. Der jetzige Herrscher hat drei Söhne und er hat noch keinen von ihnen zum Nachfolger bestimmt. Der älteste Sohn ist ein erfahrener Kämpfer, er befehligt unsere Garde und ist dem Herrscher treu ergeben. Der jüngste Sohn ist ein Träumer. Er beschäftigt sich mit Musik und Kunst und entzieht sich, so oft es geht, den

Zeremonien am Hof.«

Er legte eine Pause ein und sah mich eindringlich an.

»Und was ist mit dem mittleren Sohn?«, fragte ich gespannt.

»Der hat eine Thuadaree aus dem Osten geheiratet und ist derzeit aus dem Rennen um die Herrschaft«, erwiderte Thoran reserviert.

Leider konnte ich beim besten Willen nicht verhindern, dass mir die Kinnlade herunter fiel.

Der Sohn eines der mächtigsten Divergenten saß auf meinem Sofa, als mein *Geschenk*. Schlimmer konnte es kaum werden, oder?

»Gibt es denn außerhalb deiner Familie jemanden, dem du vertrauen kannst?«, fragte ich, als ich die vorherige Information verdaut hatte.

Thoran überlegte.

»Vielleicht mein alter Lehrer. Er hat sich vor fünf Jahren zur Ruhe gesetzt.«

»Glaubst du, er könnte dir helfen?«

Thoran zuckte mit den Schultern.

»Er ist zumindest der Einzige, der wissen könnte, wie man die Schenkung rückgängig machen kann. Wenn du das immer noch willst.«

Er sah mich abschätzend an, doch ich atmete nur erleichtert auf.

»Auf jeden Fall will ich das«, erklärte ich. »Wo finden wir ihn?«

»Knapp sechshundert Kilometer von hier.«

»Wir sollten es wagen«, entschied ich. »Ich fahre

jetzt gleich in die Stadt und kaufe dir Klamotten und ein paar Vorräte. Dann packen wir und machen uns auf den Weg.«

Voller Tatendrang verließ ich ein paar Stunden später die Stadtfestung von Münster. Die Machtkämpfe und Intrigen in Thorans Volk machten mir Sorgen. Ich hoffte sehr, dass sein Lehrer mächtig genug war, um diese Geschenkesache wieder rückgängig zu machen. Dann war ich raus aus der Nummer. Es war wirklich nicht ratsam, bei Streitereien unter Divergenten zwischen die Fronten zu geraten.

Ich bog in einen Kreisverkehr, der etwas erhöht lag und dessen Mittelkreis völlig überwuchert war. Ich bremste abrupt, als ich in der Ausfahrt, die ich eigentlich nehmen wollte, einen JD3 Rockzilla stehen sah. Der fette Geländewagen blockierte beide Spuren. Okay, ich hatte mal wieder nicht geblinkt, doch hier fuhr so selten ein Auto, dass es sich fast nie lohnte. Ich fuhr also einfach weiter, um bei der nächsten Runde ordnungsgemäß den Blinker zu setzen.

Doch statt vor mir die Straße frei zu machen, blendete der JD3 auf.

Was für ein Idiot, dachte ich und fuhr wieder an ihm vorbei. Bei der nächsten Runde in dem Kreisverkehr musste ich jedoch feststellen, dass auch die anderen Ausfahrten versperrt waren. Die eine von einem uralten MAN KAT Militärfahrzeug, die Nächste von einem aufgemotzten Land Rover und die, aus der ich gekommen war, von drei Tarus Geländemotorrädern.

Scheiße, dachte ich, das ist übel. Ich drehte noch eine Runde und als ich diesmal an den verschiedenen Fahrzeugen vorbeikam, heulten ihre Motoren bedrohlich auf.

Kurzentschlossen durchbrach ich mit meinem Wagen zwischen den Motorrädern und dem JD3 die Leitplanken. Ich riss das Lenkrad herum und versuchte querfeldein zu entkommen. Vor Verbannten konnte man nur fliehen, eine Konfrontation mit ihnen überlebte man selten. Verbannte waren der Abschaum der Städter. Gefängnisse gab es innerhalb der gesicherten Stadtmauern nicht. Verurteilte Verbrecher wurden einfach aus den Festungen verbannt. Lebten sie nach Ablauf der Strafe noch und schafften es zu einem der Stadttore, wurden sie wieder eingegliedert. Ansonsten hatten sie Pech.

Die Jungs, die mir gerade am Kotflügel hingen, waren sicher nicht wegen Steuerhinterziehung verurteilt worden. Dreck spritzte gegen meine Windschutzscheibe, als mich eines der Motorräder überholte und vor mir herfuhr.

Ich brach nach rechts aus, doch der MAN KAT rammte mich und drängte mich wieder zurück. Ich hatte keine Zeit für Panik, schaltete herunter und versuchte es mit Vollgas auf der anderen Seite. Ich rammte einen der Motorradfahrer, der im hohen Bogen von seinem Bock flog. Das gleiche Manöver versuchte ich bei dem, der mich rechts flankierte. Doch er fiel zurück. Stattdessen nahm nun der Rover Fahrt auf. Seine Motorleistung übertraf meine um ein Vielfaches und bevor ich reagieren konnte, driftete er nach links und ich knallte ungebremst in seine Seite.

Ich legte den Rückwärtsgang ein und blickte über die Schulter. Verdammt, der JD3 kam von hinten auf mich zugerast, zu schnell um ihm noch ausweichen zu können. Mir blieb nichts anderes übrig, als das Lenkrad fest zu umklammern und mich auf den Aufprall vorzubereiten. Im nächsten Moment hallte der Zusammenstoß durch meinen ganzen Körper. Mein Wagen war eingekeilt und ich konnte weder vor noch zurück. Mit zitternden Händen öffnete ich mein Handschuhfach und wie eine Faust rammte sich die Angst in meinen Magen. Ich hatte meine Waffe nicht mitgenommen. Panisch wühlte ich in dem Fach und ertastete nur mein Notfallamulett. Mit Pfefferspray kam man bei Verbannten nicht weit, bei ihnen half nur rohe Gewalt. Das Amulett würde mich eine Zeit lang stärker und schmerzunempfindlicher machen. Ich biss mir kurz auf die Lippe, zog das Amulett durch das Blut und steckte es in meinen BH direkt an meine Haut. Gleichzeitig behielt ich meine Gegner im Auge. Der Typ aus dem Rover krabbelte über den Beifahrersitz nach draußen, da meine Stoßstange seine Fahrertür blockierte. Der andere aus dem JD3 stieg gerade aus. Die beiden übriggebliebenen Motorradfahrer umkreisten uns und grölten.

Vier zu eins. Ich stieg aus dem Wagen und lockerte meine Muskeln.

»Hey, kleine Hexe«, rief der JD3-Fahrer grinsend und kam lässig auf mich zu. »Dein Auto hat wohl den Geist aufgegeben!«

Ja, du Arschloch, dachte ich wütend, *und du bist der Erste, dem ich dafür eine reinhaue.*

Hatte ich erwähnt, dass dieses Amulett auch ein kleines bisschen furchtloser macht?

Er war noch zwei Meter von mir entfernt, da drehte ich mich um meine eigene Achse, holte Schwung, stieß mein Bein hoch und traf ihn mit dem Fuß direkt am Kinn. Sein Kieferknochen knackte, der Typ schrie auf und fiel zu Boden. Ich wirbelte kampfbereit zu dem Roverfahrer herum.

»Das reicht«, knurrte der und zielte mit einer Schnellfeuerpistole direkt auf meinen Kopf.

»Alles okay, Ben?«, rief er zu seinem Kumpel, der sich stöhnend auf der Erde wälzte.

»Mach die Schlampe fertig«, nuschelte dieser

undeutlich und spuckte Blut.

Die Motorradfahrer umkreisten uns immer noch und brüllten.

»Hände hoch«, schrie mich der Rover-Typ an und als ich ihm gehorchte, kam er siegessicher auf mich zu.

Als er nah genug war, ließ ich mich plötzlich nach vorn auf meine Hände fallen. Gleichzeitig drehte ich meinen Körper und säbelte mit weit ausgestreckten Beinen gegen seine Waden. Der Mann ging zu Boden, ich sprang blitzschnell auf und trat ihm mit dem Fuß gegen die Schläfe.

Die Motorradfahrer stoppten und ließen provozierend ihre Maschinen aufheulen. Bewaffnet waren sie anscheinend nicht, aber wenn sie mir nicht näher kamen, hatte ich keine Chance sie auszuknocken. Ich wollte mich gerade bücken, um mir die Pistole zu schnappen, als ich unvermittelt umkippte. Bolas hatten sich um meine Beine gewickelt und mich zu Fall gebracht.

Hektisch versuchte ich, das Lasso mit den Kugeln von meinen Füßen zu wickeln, als einer der Motorradfahrer Kurs auf mich nahm. Er bremste so kurz vor mir, dass ich schützend die Arme hochriss. Er legte einen klassischen Burnout hin und sein Hinterreifen spritzte Dreck und Steine auf mich, während er sich langsam drehte. Dabei bückte er sich kurz von seinem Bock und hob die Waffe auf.

Der Mistkerl hatte mich überlistet! Doch statt mich mit der Pistole zu bedrohen, warf er sie im hohen

Bogen in das Feld und zwinkerte mir zu. Mit einem Wheelie startete er, bremste neben seinem Kollegen und sein Hinterrad pflügte den Boden, bis er wieder mit dem Gesicht zu mir stand.

Der Mistkerl wollte spielen!

Die Furchtlosigkeit, die mein Amulett mir verliehen hatte, verlor langsam ihre Wirkung. Ich stand wie angewurzelt und starrte auf die beiden Männer. Die Motorräder heulten auf und wie in einem makaberen Ballett fuhren sie parallel ein paar Meter auf mich zu. Sie stoppten wie auf ein Zeichen so abrupt, dass ihre Hinterräder kurz die Bodenhaftung verloren. Wieder jaulten die Motoren drohend auf.

Beim dritten Scheinangriff verlor ich die Nerven und floh kopflos in Richtung Wald.

Leider war der Acker sehr groß. Sie verfolgen mich zunächst in gebührendem Abstand, dann gab der Erste Gas, streckte im Vorbeifahren ein Bein aus und riss mich zu Boden. Ich rappelte mich wieder auf und hetzte weiter. Beim nächsten Mal hatte der Zweite das Vergnügen mich umzumähen. Ich kann mich nicht erinnern, wie oft sie das wiederholten. Meine Knie waren aufgeschlagen und bluteten, meine Hände waren zerkratzt, mein ganzer Körper von Prellungen übersät. Ich war am Ende meiner Kräfte. Die Wirkung des Amuletts war verpufft, trotzdem versuchte ich mit eisernem Willen zu entkommen. Zuletzt kroch ich verzweifelt auf allen Vieren, während die Motorradfahrer abstiegen und lässig auf mich zu kamen.

Völlig entkräftet brach ich zusammen. Einer der beiden drehte mich auf den Rücken, verpasste mir einen Faustschlag ins Gesicht und ich verlor das Bewusstsein.

Als ich wieder zu mir kam, saß ich gefesselt auf dem Beifahrersitz des MAN KATs. Vom JD3 und seinem Fahrer war nichts zu sehen. Die beiden Motorräder fuhren vor uns her und im Seitenspiegel sah ich den Rover, der uns an der Stoßstange klebte. Ich wusste nicht, ob ich mich freuen oder entsetzt sein sollte, auf jeden Fall fuhren wir in Richtung meiner Festung.

Auf meiner Wiese angekommen, drehten die Motorradfahrer entgegengesetzt Runden um mein Reich. Der MAN KAT–Fahrer zerrte mich unsanft aus dem Wagen und fesselte mich an seine Stoßstange. Sehnsüchtig sah ich zu meinem sicheren Hof hinüber und hielt plötzlich den Atem an. Breitbeinig auf meinem Scheunendach saß Thoran und beobachtete die Verbannten. Zumindest war es das, was ich mit meinem einen Auge sehen konnte, während das andere zugeschwollen war und tränte. Jetzt schien er mich zu erkennen, denn er stand plötzlich auf und sah in meine Richtung.

Die Motorradfahrer stoppten zeitgleich vor meinem Tor.

»Morgen früh um acht liegen alle Amulette und Wertgegenstände vor dem Tor. Dann kannst du deine Hexe wiederhaben, sonst bringen wir sie um«, brüllte einer von ihnen.

»Okay«, rief Thoran zurück. »Aber nur, wenn ihr sie nicht noch mehr beschädigt!«

Mir gingen tausend Gedanken durch den Kopf. Woher wussten die Verbannten, wo ich wohnte? Und dass jemand bei mir war, der ihre Lösegeldforderungen erfüllen konnte? Moment mal, wie sollte Thoran das denn überhaupt machen? Mein Wehr würde ihn gar nicht durchlassen! Und was zum Teufel meinte er mit *beschädigt*?

Diese Frage zumindest beantwortete sich bald. Die Motorradfahrer kamen zu dem MAN KAT und stiegen von ihren Maschinen. Sie sahen aus wie Zwillingsbrüder von Dschingis Kahn. Lange Haare und Bärte verdeckten einen Großteil ihrer Gesichter, die Augen wirkten asiatisch schräg.

Einer von ihnen kam direkt auf mich zu, sah mich abschätzend an und brummte: »Dein Geschenk ist gar nicht so dumm!«

Er zog ruckartig seine Hose herunter und pinkelte an den Reifen des Wagens, an den ich gefesselt war.

»Nicht beschädigt«, knurrte er verärgert und spuckte neben mir auf den Boden.

Er zog die Hose wieder hoch und ging zu seinen Freunden, die ein paar Meter weiter ein Feuer anfachten.

Oh Gott, Thoran, seufzte ich in Gedanken, *ich danke dir!*

Ich wollte mir gar nicht ausmalen, was der Typ eigentlich mit mir vorgehabt hatte.

Das Lagerfeuer knisterte und es wurde immer dunkler. Der Mond hatte sich hinter dicken Wolken versteckt. Zum Glück hatte man mich so an den Wagen gefesselt, dass ich mich setzen konnte, da meine Beine irgendwann nachgaben. Nur meine Arme hingen jetzt über meinem Kopf an der Stoßstange. In meinem Schädel pochte es und mir tat alles weh. Ich spürte jeden Muskel und jeden Knochen im Leib. Aus dem Augenwinkel meines unverletzten Auges sah ich, dass die Verbannten sich hinter den MAN KAT zurückzogen und spürte, wie der Wagen leicht wackelte. Sie hatten es sich auf der Ladefläche gemütlich gemacht. Nur einer der Motorradfahrer saß am Feuer und hielt Wache.

Langsam fielen auch mir trotz der unbequemen Haltung die Augen zu.

Irgendwann in der Nacht wurde ich wach. Es hatte sich wie ein Widerhall meines Wehres angefühlt und verwirrt blickte ich mich um. Der Verbannte am Feuer lag auf der Seite. Vermutlich war er eingeschlafen und probehalber zerrte ich an meinen Fesseln.

Im selben Moment legte sich eine Hand auf meinen Mund und ich riss panisch die Augen auf.

»Schhhh, leise«, raunte eine wohlbekannte dunkle Stimme direkt an meinem Ohr. »Ich schneide jetzt deine Fesseln durch und kümmere mich dann um die drei im Wagen. Du bleibst hier, bis ich wieder da bin.«

Ich war wie versteinert und rührte mich nicht.

»Hast du mich verstanden?«, flüsterte Thoran

eindringlich.

Ich nickte. Meine Arme fielen gefühllos herab und die Hand verschwand von meinem Mund.

Ich massierte mir die Handgelenke und spürte schmerzhaft, wie das Blut langsam wieder durch meine eingeschlafenen Glieder pulsierte.

Nach einer gefühlten Ewigkeit kam Thoran um den Wagen herum auf mich zu.

»Die sind erledigt«, sagte er leise.

Im fahlen Mondlicht sah ich, wie er die Klinge des Messers, das gestern Nacht noch in meinem Tor gesteckt hatte, an einem Büschel Gras abstreifte.

»Kannst du aufstehen?«, fragte Thoran und hielt mir seine Hand hin.

Ich ergriff sie und er zog mich hoch. Leider versagten meine Beine sofort wieder den Dienst. Doch bevor ich fiel, hatte Thoran mich aufgefangen. Er hob mich auf, als wäre ich ein Baby und trug mich zu meinem Tor, das einen Spalt breit offen stand.

»Wie…?«, murmelte ich verwirrt und hatte Mühe mein unverletztes Auge aufzuhalten.

»Sei still«, befahl mein *Geschenk,* trat in meine Festung und hinter ihm schoss sich artig mein Tor.

Thoran trug mich bis ins Schlafzimmer und legte mich behutsam auf das Bett.

»Ich passe auf dich auf«, hörte ich ihn noch sagen, danach war alles schwarz.

Kapitel 6

Als ich aufwachte, schienen die ersten Sonnenstrahlen in mein Zimmer und einen Moment lang glaubte ich fast, die Verbannten wären nur ein schlechter Traum gewesen. Mir tat nichts mehr weh, ich konnte mit beiden Augen gucken und ich fühlte mich gut. Ich reckte mich und etwas fiel von meiner Stirn. Ich blickte nach rechts und sah eines meiner wertvollen Schmerzamulette. Dann blickte ich an mir herab und sah eines zwischen meinen nackten Brüsten und ein weiteres auf meinem Bauch liegen.

Ich blickte nach links und sah – Thoran.

Er lag auf der Seite und grinste mich an.

Ich schloss die Augen und öffnete sie wieder. Er war immer noch da, sein Grinsen jetzt noch breiter.

»Warum hab ich nichts an?«, fragte ich so neutral wie möglich und unterdrückte den Versuch mir hastig die Bettdecke bis zum Hals zu ziehen.

»Ich musste doch nachsehen, ob du irgendwo verletzt bist.«

Ich schluckte.

»Und warum liegst du in meinem Bett?«

Mein Blick glitt kurz an seinem Körper entlang und wieder in sein Gesicht.

»Nackt?«

Okay, das kam jetzt etwas schrill aus mir heraus.

Er erhob sich ein wenig und stützte seinen Kopf mit einer Hand, während er mit der anderen durch seinen Bart fuhr.

»Nun ja«, entgegnete er. »In deinem Bett liege ich, damit ich schnell da sein konnte, wenn es dir schlechter gegangen wäre. Nackt bin ich, weil ich dir ja deine Kleidung nehmen musste, um nach Verletzungen zu suchen. Ich wollte nicht, dass deine Seele ins Ungleichgewicht fällt.«

»Aha«, entgegnete ich und stand auf, ohne noch einen Blick auf den nackten Thoran zu werfen. »Dann sollten wir uns jetzt beide wieder anziehen, damit das auch schön so bleibt!«

*

»Ich glaube, es war kein Zufall, dass die Typen gerade mir aufgelauert haben«, sagte ich besorgt, als Thoran etwas später zu mir in die Küche kam. »Sie wussten auch, dass du mein Geschenk bist. Hast du eine Erklärung dafür?«

Thoran biss grimmig die Zähne aufeinander.

»Wer auch immer mir das angetan hat, lässt uns überwachen. Vermutlich will er wissen, ob du es schaffst, meinen Willen zu brechen«, knurrte er. »Zumindest wissen wir jetzt, wer uns beobachtet hat. Meine Entführer wollten oder konnten sich wohl nicht selbst darum kümmern. Und sie hatten keine Ahnung, wie unzuverlässig Verbannte sind. Die Aktion gestern war sicher nicht mit ihrem Auftraggeber abgestimmt.«

Er holte tief Luft und rieb sich mit den Händen durch das Gesicht.

»Dumm nur, dass ich sie alle umgebracht habe. So können wir niemanden mehr befragen. Aber jetzt sollten wir machen, dass wir hier wegkommen. Sie haben die Frist für das Lösegeld auf acht Uhr gesetzt. Jetzt ist es halb neun. Ich hab keine Ahnung, wo die ihren Unterschlupf haben, aber bestimmt wird sich bald eine ganze Horde auf den Weg machen und nach ihnen suchen.«

»Aber wie kommen wir hier weg? Mein Auto hat einen Totalschaden.«

Das wurde mir erst jetzt richtig bewusst und mir wurde übel. Ohne Auto konnte ich keinen Handel treiben, ohne Handel kein Geld verdienen und mein Gespartes würde für einen neuen Wagen niemals reichen.

Thoran zuckte nur mit den Schultern.

»Was willst du denn lieber«, fragte er und zwinkerte mir zu. »Den MAN KAT oder den Rover?«

»Oh«, ich grinste. »Dann lieber den Rover. Allerdings ist die Fahrertür total verbeult…«

»Darum kümmere ich mich, du packst die Sachen«,

entschied Thoran und ging hinaus.

Keine Minute später hörte ich ihn laut fluchen. Ich lief nach draußen und traute meinen Augen nicht. Thoran lag fünf Meter von meinem Tor entfernt auf dem Boden und brüllte vor Wut.

»Du bist das dämlichste Wehr, das mir je untergekommen ist!«

Ich blinzelte verwirrt.

»Gestern hast du mich rausgelassen, als die Hexe in Gefahr war. Du hast doch gespürt, dass ich ihr helfen wollte. Was glaubst du wohl, will ich jetzt?«

»Thoran?«, fragte ich vorsichtig.

»Was!?«, fuhr er mich an und drehte sich zu mir herum.

»Du sprichst mit meinem Wehr?«

Ungläubig starrte ich ihn an.

»Natürlich«, grunzte er und stand auf. »Das dumme Ding will mich verarschen! Gestern waren wir uns so schön einig und heute lässt es mich einfach abblitzen.«

Ich grinste. Ich hatte nicht gewusst, dass man mein Wehr überzeugen konnte, jemanden durchzulassen, wenn ich nicht in der Lage war, die Entscheidung zu treffen. Aber jetzt war ich ja wieder okay. Braves Wehr. Ohne ein weiteres Wort öffnete ich das Tor und grummelnd stampfte Thoran hindurch.

Eine halbe Stunde später verließen wir meine Festung.

Wir fuhren über die Wiese zu dem Waldweg. Als ich

den MAN KAT und die Motorräder dort sah, lief es mir kalt den Rücken herunter. Als wir näher kamen, schnappte ich nach Luft.

»Was hast du getan?«, fragte ich Thoran entsetzt.

Einer der Motorradfahrer war, wie ich gestern Abend, an die Stoßstange gefesselt. Sein Kopf war unnatürlich weit nach hinten gefallen. Thoran hatte ihm gestern die Kehle durchgeschnitten, so tief, dass der Kopf nur noch von ein paar Sehnen und Haut gehalten wurde. In seinem Hals, wie in einer makaberen Vase, steckten Wiesenblumen. Der Fahrer des MAN KAT saß, ebenfalls mit durchschnittener Kehle im Führerhaus seines Wagens. Mit ihm eingeschlossen waren Ratten, die teils von innen an der Windschutzscheibe entlangliefen und sich teils an dem Leichnam gütlich taten.

Der Roverfahrer lag tot in derselben Haltung, in der ich Thoran vor meinem Tor gefunden hatte, zu Füssen der morbiden Blumenvase. Ich wollte gar nicht wissen, welche *Überraschung* sich unter seinem gekrümmten Leib verbarg. Den zweiten Motorradfahrer konnte ich nicht entdecken – ich habe auch nicht gefragt. Es hatte mir die Sprache verschlagen.

Schweigend fuhren wir die holprige Landstraße entlang, bis wir auf den Kreisverkehr zukamen und auf dem Acker meinen schrottreifen Wagen sahen. Von dem JD3, dem Motorrad und dem Fahrer, den ich von seinem Bock geholt hatte, war weit und breit nichts zu sehen.

»Sollen wir nachsehen, ob in deinem Wagen noch etwas von Wert ist?«, fragte Thoran.

Ich nickte. Vielleicht hatten die Verbannten wenigstens die Tüten mit den Klamotten für Thoran da gelassen. Wir hielten an und liefen zu meinem Wagen, während Thoran aufmerksam die Umgebung im Auge behielt.

Die Verbannten hatten nichts mitgenommen, nicht einmal meine wertvollen Straßenkarten, auf denen noch die alten Landstraßen eingezeichnet waren. Vermutlich war der Motorradfahrer so schwer verletzt gewesen, dass sein Kumpel mit dem Kieferbruch ihn schnell eingepackt und mitgenommen hatte.

Wir beeilten uns die Sachen umzuladen und Thoran konnte sich endlich ein passendes Sweatshirt überziehen.

»In welche Richtung fahren wir eigentlich?«, fragte ich Thoran nach einer Weile.

»Wir müssen nach Nordosten, Richtung Küste. Auf die Halbinsel Zingst haben sich viele alte Thuadaree zurückgezogen.«

»Dein Lehrer wohnt im Osten? Ich dachte, er wäre aus Süden, so wie du?«

»Im Alter spielt die Herkunft keine Rolle mehr«, erklärte Thoran.

»Ach«, murmelte ich verwirrt und suchte die passende Landkarte aus meinem Seitenfach.

Thoran schien den Weg zu kennen, aber man wusste nie, ob die Straßen oder Brücken bei dem nächsten Besuch noch befahrbar waren. Es gab auch noch die Autobahnen, die die großen Stadtfestungen miteinander verbanden und die von den Menschen instand gehalten wurden. Aber dort war man als Agrarier ewigen Kontrollen der Grenzer ausgesetzt. Ich hatte zwar meinen Pass eingesteckt, aber keine Papiere für den Rover und erst recht keine für Thoran.

»Wir sollten tanken«, bemerkte Thoran zwei Stunden später.

In der Nähe war die Stadtfestung Bielefeld.

»Okay«, sagte ich und kramte in meinen Wertsachen.

Ich hatte noch etwa fünfhundert Euro Bargeld und meine Amulette mitgenommen. Ich steckte etwas davon ein und bat Thoran, vor dem Stadttor zu warten. Als Divergent hatte er hier keinen Zutritt.

Mit meinem Pass kam ich ohne Probleme in die Stadt. Ich fragte mich bis zur nächsten Tankstelle durch und verhandelte einen guten Preis. Für zweihundert Euro und drei Schmerzamulette erstand ich fünfzig Liter Diesel.

Nach einer Stunde war ich wieder zurück und wir fuhren weiter. Die Straßen wurden immer schlechter und wir kamen nur langsam voran. Es dämmerte schon und wir waren erst kurz vor Hannover. Die ganze Zeit über hatten wir geschwiegen und nur das Radio durchbrach die Stille. Wie die Nachrichten ankündigten, wurden hier in der nächsten Nacht schwere Regenfälle und Unwetter erwartet. Wir passierten ein verwittertes Schild, das die Richtung zu einem ehemaligen Industriegebiet wies. Thoran bog ab.

»Besser wir parken unser Auto auf Beton, bevor es im Matsch versinkt«, erklärte er und ich nickte.

Landschaftlich sind diese verlassenen Fabrikgelände nicht gerade ein Traum, aber das Fundament auf dem sie standen, trotzte schon seit vielen Jahrzehnten dem Wetter. Während Thoran auf dem Parkplatz eines ehemaligen Outlet-Centers hielt, holte ich meinen Live-Scan hervor. Er zeigte nichts Auffälliges. Ich kletterte nach hinten und reichte Thoran unser Gepäck, das er im Beifahrerraum verstaute. Wir klappten die Rücksitzbank um und breiteten unsere Schlafsäcke aus.

Nachdem wir schweigend etwas gegessen hatten, schauten wir noch eine Weile aus der geöffneten Heckklappe des Wagens. Die Wolken am Himmel wurden immer dunkler und bedrohlicher.

Vor meinen Augen sah ich plötzlich wieder die von Thoran dekorierten Toten. Ein Bild, das ich den ganzen Tag über geschickt verdrängt hatte. Er hatte sie kaltblütig umgebracht. Was er jedoch mit ihren Leichen getan hatte, war für mich so abartig, dass ich es kaum glauben konnte.

»Warum hast du das getan?«, fragte ich leise und hatte fast Angst vor seiner Antwort.

Thoran atmete ein paar Mal tief durch. Er wusste sofort, was ich meinte.

»Ich habe es nicht getan, weil es mir Spaß macht«, antwortete er. »Ich habe es getan, damit ihre Leute Angst bekommen. Sie werden sie suchen. Und wenn sie sie so finden, werden ihnen die Haare zu Berge stehen. Sie werden sich zweimal überlegen, ob sie irgendetwas gegen dich unternehmen wollen. Hätte ich sie nur getötet, hätten sie Rache geschworen. So werden sie Angst um ihr eigenes Leben haben und dich in Ruhe lassen.«

Ich schwieg.

»Das hoffe ich zumindest«, fügte Thoran hinzu und lächelte mich an.

Ich nickte und starrte auf die eingefallenen Schornsteine der Fabriken in der Nachbarschaft.

»Hast du schon öfter … sowas gemacht?«

»Das ist mein Job«, erklärte er.

»Leuten die Kehle durchzuschneiden?«, fragte ich entsetzt.

Thoran lachte.

»Nein, ich beobachte den Feind. Ich töte ihn, wenn er zur Bedrohung wird, und versuche herauszufinden, wie er reagieren wird und was er plant.«

»Du bist ein Spion!«, beschuldigte ich ihn.

»Gab es immer und wird es immer geben«, antwortete er schulterzuckend.

»Deswegen solltest du auch die Frau aus dem Osten heiraten!«, kombinierte ich.

Thoran nickte widerwillig.

»Du prostituierst dich für deinen Job!«

»Nun ja«, erwiderte er. »So ein großes Opfer war es

jetzt nicht. Sie war recht ansehnlich und es hätte mich schlimmer treffen können.«

»Tja, trotzdem hast du dich verkauft!«, behauptete ich. »Wie kam denn deine Seele damit klar?«

Thoran reagierte nicht.

»Und was ist erst mit deiner Frau?«, empörte ich mich. »Sie hat dich geheiratet, während du nur darauf aus warst, Informationen zu bekommen!«

»Hexe!«, unterbrach mich Thoran und sah mich böse an.

»Hab ich etwa nicht recht?«, begehrte ich auf. »Bestimmt war sie total in dich verliebt, was man ihr echt nicht verdenken kann. Ich meine, du bist schließlich sowas wie ein Prinz und es gibt definitiv hässlichere Männer. Und ich wette, du hast nicht nur Händchen mit ihr gehalten. Irgendwie muss sie dann erfahren haben, dass du sie gar nicht liebst. Da ist es ja kein Wunder, dass sie dich verraten hat. Sie …«

Weiter kam ich nicht. Thoran hatte sich so schnell auf mich gestürzt, dass ich gar nicht reagieren konnte. Rücklings lag ich auf meinem Schlafsack und Thoran war mit seinem massigen Körper auf mir.

»Halt die Klappe, Hexe«, knurrte er und unsere Nasenspitzen berührten sich fast.

Ich gehorchte gezwungener Maßen, da mir unter seinem Gewicht für einen Moment die Luft wegblieb. Dann stützte er mit den Ellenbogen seinen Körper ab und gerade, als ich ihn zusammenfalten wollte, küsste er mich. Jetzt hätte ich reden können, aber es hatte mir die Sprache verschlagen.

»Du schmeckst gar nicht so schlecht«, stellte Thoran fest und leckte sich die Lippen.

Jetzt hätte ich wieder was sagen können, aber dazu fiel mir wirklich nichts ein.

Er küsste mich noch einmal. Überraschend weich und samtig fühlte es sich an und sein Bart kratzte provozierend über mein Kinn. Seine Zunge glitt verführerisch über meine Lippen und wie von selbst öffnete ich meinen Mund. Seine Zunge stieß vor und ich stöhnte. Er spielte mit meiner, umschlang sie, sog an ihr und drängt sich mit seinem Unterleib zwischen meine Beine. Instinktiv schlang ich die Arme um seinen Hals und schloss die Augen. Er küsste mich mit einer solchen Leidenschaft, dass es mich fast um den Verstand brachte. Er neckte und reizte mich. Wellen des Verlangens wogten durch meinen Körper. Plötzlich presste er seinen harten Unterleib genau an der richtigen Stelle gegen mich und biss mir zärtlich in die Unterlippe. Ich schrie vor Lust auf. Er stieß noch einmal mit den Hüften zu und leckte mir dabei über den Hals. Beim dritten Stoß kam ich.

Als ich die Augen öffnete, war Thorans Gesicht direkt vor meinem. Er grinste selbstgefällig auf mich herab. Ich verpasste ihm eine schallende Ohrfeige.

»Wofür war das denn?«, fragte er lachend und hielt meine Hände über meinem Kopf fest, denn für diese Frage wollte ich gerade noch einmal zuschlagen.

»Ich bin nicht wie meine Scheune«, zischte ich wütend. »Ich werde gern gefragt, bevor man sich an mir befriedigt.«

»Ich bin nicht der, der befriedigt ist«, korrigierte Thoran mich und zog spöttisch eine Augenbraue hoch.

»Das ist doch wohl …Du hattest geschworen, mir nichts anzutun!«, fauchte ich ihn an. »Also hoffe ich doch sehr, dass du in spätestens zwei Minuten tot umfällst!«

Thoran schüttelte grinsend den Kopf.

»Ich habe dich nicht verletzt, dich nicht geschlagen und dich nicht umgebracht. Die Chancen stehen gut, dass ich die Nacht überlebe.«

Ich zappelte unter ihm wie ein Fisch auf dem Trockenen und versuchte vergeblich mich zu befreien.

»Jetzt lass mich schon los, du verdammter Mistkerl.«

»Ich muss dir gehorchen«, belehrte mich Thoran, »aber ich darf auch mein Leben schützen. Wenn ich dich jetzt loslasse, werde ich es womöglich verlieren. Allerdings, wenn du dich weiter so unter mir bewegst, passt der Vergleich mit deiner Scheune wieder. Nur ist es dann nicht meine Schuld und meine Seele wäre wieder aus dem Gleichgewicht.«

»Was zum Henker soll das Gerede über meine Scheune und deine Seele denn jetzt?«

Ich versuchte mich aufzubäumen und war kurz davor so richtig auszuflippen.

»Beweg dich noch ein bisschen länger unter mir und du kannst mir noch einmal zusehen, wie ich komme. Dann bist du im Vorteil.«

»Du spinnst wohl!«, brauste ich auf und erstarrte augenblicklich. »Du wolltest Magic aus meinem Wehr ziehen, das hat dein Rendezvous mit meiner Scheune doch ausgeglichen!«

»Meine Seele hat es sich anders überlegt«, widersprach er. »Aber wenn du mich mal besuchen kommst, kannst du gern versuchen, dich an meinem Wehr zu vergreifen.«

»Kann es sein, dass du und deine Seele eine ganz merkwürdige Vorstellung von Gerechtigkeit haben?«, blaffte ich ihn an. »Du warst vorgestern mindestens zweihundert Meter entfernt und ich habe nur deinen Rücken gesehen! Jetzt liegst du auf mir und guckst mir geradewegs ins Gesicht! Wie kannst du da von Gleichgewicht reden?«

»Meine Seele ist eben sehr empfindlich«, klärte Thoran mich auf und grinste wieder. »Außerdem wollte ich dich ja auch nur ein klein wenig reizen. Konnte ja nicht ahnen, dass das bei dir so schnell geht.«

»Thoran!«

Jeder der mich gut kennt, hätte jetzt wirklich das Weite gesucht.

»Ja?«, entgegnete er unschuldig.

»Runter. Von. Mir.«, knurrte ich und schenkte ihm meinen besten Todesblick.

»Ich habe Angst um mein Leben, wenn ich das tue.«

»THORAN!«

Er rollte lachend von mir herunter.

»Oh, kleine Hexe«, feixte er. »Wer hätte gedacht, dass ich so viel Spaß mit dir haben würde.«

»Schön, dass du dich so gut amüsierst«, grummelte ich, kletterte in meinen Schlafsack und drehte ihm den Rücken zu.

Kapitel 7

Am nächsten Tag kamen wir zunächst gut voran, bis ein Fluss unsere Weiterfahrt bremste. Da die Flüsse durch die vielen Regenfälle regelmäßig über die Ufer traten, wurden Brückenpfeiler immer wieder unterspült. Die Brücke, die wir nehmen wollten, hatte in der Mitte erhebliche Schlagseite. Im Wasser darunter sah man das Dach eines LKW in den Fluten. Zu Fuß hätten wir es vielleicht gewagt, nicht aber mit dem Auto.

Wir fuhren also am Ufer entlang, um eine intakte Brücke zu finden. Das kostete uns drei Stunden und einhundertfünfzig Kilometer Umweg. Auf der anderen Seite waren die Straßen in noch schlimmerem Zustand. Mehrmals mussten wir über Feldwege und Wiesen fahren.

Gegen Abend hatten wir gerade mal die Hälfte der Strecke geschafft, die wir gestern gefahren waren. Wenn das so weiterging, würden wir eine Woche bis ans Ziel brauchen.

Später am Nachmittag hielten wir an einem breiten Bach, der mitten durch einen Wald floss. Für die Natur war es jedenfalls ein Vorteil, dass sich die meisten Menschen nach dem großen Krieg in die Ballungszentren zurückgezogen hatten. Fischsterben und erhöhte Ozonwerte kannte ich zum Glück nur aus den Geschichtsbüchern. Smog konnte man in den Stadtfestungen allerdings auch heute noch manchmal erleben.

Thoran parkte den Wagen im Kiesbett nahe dem Ufer. Ich griff meine Zahnbürste und frische Kleidung und ging zur nächsten Flussbiegung, bis ich ihn nicht mehr sehen konnte. Ich zog mich aus, wusch mich schnell in dem eiskalten Wasser und war sogar so todesmutig, mir die Haare zu waschen. Als ich zum Wagen zurückging, zog sich Thoran gerade wieder sein Sweatshirt an und rieb sich mit einem Handtuch seinen Bart trocken.

»Lust auf Fisch?«, rief er und hielt zwei Bachforellen hoch.

»Gerne«, freute ich mich, »wenn ich die nicht ausnehmen muss.«

Statt einer Antwort setzte er sich auf einen Stein direkt am Wasser und zückte sein Messer.

»Du kannst Feuerholz sammeln«, entschied er und schlitzte dem ersten Fisch den Bauch auf.

Es war ein wunderschöner Abend. Die Luft war warm, ohne diese drückende Schwüle. Der Fisch war lecker und ich spendierte zwei Dosen Bier. Der Bach plätscherte leise und Thoran und ich saßen nebeneinander vor einem kleinen Lagerfeuer. Alles sehr harmonisch und im totalen Gleichgewicht. Ich hätte nur die Klappe halten müssen…

Irgendwann fiel mir auf, dass Thorans Kopfhaar langsam nachwuchs.

»Konntest du deine Magie schon wieder ein wenig auffüllen?«

»Wieso auffüllen?«, fragte Thoran verwirrt.

»Du hast doch gesagt, es wäre kein Funken Magie mehr in dir«, erinnerte ich ihn.

»Kein Funken, um damit Kleidung zu bezahlen«, korrigierte Thoran.

»Ich hatte dich gefragt, ob wirklich nichts mehr übrig ist«, fuhr ich auf. »Und du hast mit dem Kopf geschüttelt. Also hast du mich angelogen!«

»Ich meinte mit dem Kopfschütteln – nein, es ist noch was da, doch ich zahle nicht damit. Ich habe also überhaupt nicht gelogen.«

Es fehlte jetzt nur noch, dass er mir die Zunge rausstreckte.

»Du bist ja so ein Blödmann!«

Ich trank einen Schluck Bier und drehte ihm den Rücken zu.

»Hör mal, Hexe, ich kann doch nichts dafür, wenn du so unpräzise Fragen stellst und mir die Antworten dann in den Mund legst.«

»Und warum hast du dann versucht, Magie aus meinem Wehr zu ziehen?«

Ich warf ihm einen schnippischen Blick über die

Schulter zu.

»Ich wollte nur mal sehen, ob es klappt. Manche Hexen sind mit ihren Wehren ziemlich überfordert und ich wollte wissen, was du so drauf hast.«

»Und ich hatte mir schon Sorgen gemacht, dass du ohne Magie durch das Land deiner Ex-Schwiegereltern reisen musst«, schnaubte ich beleidigt.

»Wenn mein Haar etwas schneller wachsen würde, wäre ich schon beruhigter. Dann könnte ich noch mehr speichern. Aber ich bin schließlich ein Thuadaree aus dem Süden. Was soll mir schon passieren.«

Ich hätte ihn jetzt wirklich gern daran erinnert, warum er überhaupt gerade mit mir hier saß und wie man ihn zusammengeschlagen vor meiner Tür abgeliefert hatte. Stattdessen zerknüllte ich wütend die Bierdose, stand wortlos auf, stieg in den Wagen und krabbelte in meinen Schlafsack.

Etwas später kam Thoran, schloss die Heckklappe und legte sich neben mich.

»Hey, Hexe, schläfst du schon?«, fragte er leise.

»Nein«, nuschelte ich.

Der Wagen wackelte und er drehte sich zu mir auf die Seite.

»Hast du dir wirklich Sorgen um mich gemacht?«

»Ja«, antwortete ich. »Schön blöd von mir, ich weiß.«

»Sich Sorgen um jemanden zu machen, den man

mag, ist keine Dummheit«, lachte er leise.

Dann wurde seine Stimme ernst.

»Die Frage ist nur, warum *du* dir Sorgen um *mich* machst.«

»Ehrlich Thoran, ich habe keine Ahnung«, grummelte ich. »Vermutlich stehe ich plötzlich auf arrogante Arschlöcher.«

»Vorsicht, meine Seele bekommt Schlagseite«, grinste er.

»Und was ist mit meiner Seele?«, fragte ich und drehte mich zu ihm herum.

Er hatte seinen Kopf mit einer Hand abgestützt und sah auf mich herab.

»Du bist mein *Geschenk* und ich gebe mir alle Mühe, dich das nicht spüren zu lassen. Wenn ich dich um etwas bitte, achte ich auf jedes Wort, nur damit es nicht wie ein Befehl klingt, den du ja befolgen müsstest, auch wenn du es nicht wolltest. Ich kann verstehen, dass dir das alles zuwider ist. Ich verstehe sogar, dass du mich hasst, weil ich diese Macht über dich habe und deshalb versuchst, mich nach Strich und Faden zu verarschen.«

Thoran hörte schweigend zu.

»Aber vergiss bitte nicht, dass nicht ich es war, die dich entführt und in diese Situation gezwungen hat. Denn was du gestern Abend mit mir gemacht hast…«

Ich schluckte und wischte mir eine Träne ab, die mir über die Wange lief.

»Das war nicht richtig«, fuhr ich schniefend fort. »Das ging zu weit. Solche Gefühle weckt man nicht bei Leuten, die einem scheißegal sind. Du hast meine Seele entblößt und darauf herum getrampelt. Das war zutiefst erniedrigend.«

»Warum denkst du, dass du mir egal bist?«, fragte er in neutralem Ton, streckte dabei seine freie Hand aus und wischte mir mit dem Daumen die nächste Träne fort.

»Ich bin dir so egal, dass du mich nicht mal nach meinem Namen gefragt hast«, flüsterte ich und eine weitere Träne lief. »Und falls es dich überhaupt interessiert, ich heiße…«

»Schhhh, kleine Hexe«, raunte Thoran und legte mir sanft seinen Zeigefinger auf den Mund. »Thuadaree *sind* arrogante Arschlöcher«, murmelte er, legte seine Hand an meine Wange und strich mit seinem Daumen leicht über meine Lippen. »Und dazu beherrschen sie Magie, wie kein anderes Volk. Wenn mir jemand seinen Namen verrät, habe ich die uneingeschränkte Macht über ihn. Ich glaube nicht, dass das im Moment gut für dich wäre.«

Er beugte seinen Kopf zu mir herunter.

»Vielleicht später«, hauchte er gegen meine Lippen und küsste mich auf die Stirn.

»Gute Nacht, kleine Hexe, schlaf gut und weine nicht mehr. Deine Tränen sind zu kostbar«, sagte er leise, ließ mich los und drehte sich um.

Völlig verwirrt sah ich gefühlte Stunden das Wagendach an. Ich war innerlich so aufgewühlt, dass ich keinen Schlaf finden konnte. Ich würde abends einfach keine Gespräche mehr mit Thoran führen, schwor ich mir, drehte mich auf die Seite und startete einen neuen Versuch, um endlich einzuschlafen.

Kapitel 8

Als ich am nächsten Morgen aufwachte, schien die Sonne. Ich rieb mir die Augen und setzte mich auf. Von Thoran war nichts zu sehen.

»Guten Morgen«, hörte ich ihn plötzlich hinter mir und drehte mich erschrocken um.

Thoran saß auf dem Fahrersitz und betrachtete meine Karten.

»Harte Nacht gehabt?«, fragte er und zwinkerte mir zu.

»Kann man sagen«, murmelte ich gähnend.

Seine Kopfhaut hatte mittlerweile einen dunklen Schatten sprießender Haare und ich dachte, dass man den Friseur verklagen sollte.

Mit der flachen Hand schlug ich mir vor die Stirn.

»Verdammt!«, schimpfte ich.

»Jetzt weiß ich ehrlich nicht, was ich wieder falsch gemacht habe«, knurrte Thoran und sah mich beleidigt an.

»Diesmal nicht du. Ich!«, beruhigte ich ihn. »Gib mir mal den Beutel mit den Amuletten!«

Er reichte ihn mir und konzentriert kramte ich darin herum.

»Hier!«

Ich reichte ihm lächelnd ein Amulett.

»Das schenke ich dir!«

»Ähm, und das ist wofür?«, fragte Thoran skeptisch.

»Das lässt deine Haare schneller wachsen. Ich habe es selbst entwickelt, es ist der Renner bei den Städtern.«

Sein Blick sprach Bände.

»Ist schon klar, dass es dem Meister aller Divergenten peinlich ist, nicht selbst drauf zu kommen, sich so ein Amulett zu machen«, stichelte ich.

»Die Frage ist eher, wieso du es gemacht hast und nicht selbst benutzt?«, erwiderte Thoran.

»Ich finde meine kurzen Haare gut!«, entrüstete ich mich. »Sie sind praktisch!«

»Aha«, gab Thoran wenig überzeugt zurück.

»Willst du es jetzt, oder soll ich es wieder einpacken?«

»Ist es erprobt?«

»Ja, verdammt. Benutz es oder lass es.«

Thoran zog sein Messer aus dem Gürtel, ritzte sich in

den Daumen und aktivierte das Amulett.

Er wollte es gerade in seinen Hosenbund gegen seinen nackten Bauch drücken, als ich mich einmischen musste.

»Ähm, du musst es an deinen Kopf drücken, sonst wachsen die Haare da, wo du es vielleicht nicht unbedingt möchtest.«

»Wie bitte?«

Entgeistert starrte Thoran mich an. Hektisch zerrte er das Amulett aus seiner Hose und presste es gegen den Kopf, während ich lachend zurück auf meinen Schlafsack fiel.

»Sehr witzig«, grummelte er. »Hättest du mir das nicht vorher sagen können?«

»Hallo? Ich bin gerade erst wach! Erwarte nicht zu viel von einer einfachen Hexe.«

»So kann ich ja wohl nicht fahren«, beschwerte sich Thoran weiter und drückte mit einer Hand das Amulett fest auf seine Kopfhaut.

»Nein, aber weißt du was? Ich habe schon seit Jahren einen Führerschein!«

Ich machte mich schnell frisch und kletterte auf den Fahrersitz. Thoran legte sich mit angezogenen Knien hinten auf die Rückbank.

»Ich halte doch nicht stundenlang meine Hand hoch, das ist doch bescheuert«, knurrte er und legte seinen Kopf auf die Hand, in der er das Amulett hielt.

Wir fuhren Richtung Nordosten. Langsam zwar, aber wir kamen weiter. Links und rechts von uns waren riesige Felder, auf denen das Getreide darauf wartete, geerntet zu werden.

Die Städter hatten monströse Maschinen entwickelt, um außerhalb ihrer sicheren Festungen möglich zeitsparend zu sähen und zu ernten. In der Zeit des Wachstums war hier keine Seele. Die Straße auf der wir fuhren, führte an den Feldgrenzen vorbei. Das heißt, man fuhr auch schon mal eine halbe Stunde in die falsche Richtung, weil der Acker eben so angelegt war. Die Landschaft sah immer gleich langweilig aus. Ich dachte an das Gespräch mit Thoran gestern Abend und eine drängende Frage formte sich in meinem Kopf.

»Thoran.«

»Hm.«

»Es ist zwar unwahrscheinlich, dass wir auf jemanden treffen, der mich kennt. Aber wenn mich einer bei meinem Namen ruft und du ihn erfährst, was passiert dann?«

»Gar nichts.«

»Aber du hast doch gesagt, du hättest Macht über mich, wenn du meinen Namen kennst«, hakte ich nach.

»Ich hatte für den Moment vergessen, dass du keine Thuadaree bist«, erklärte er. »Unsere Frauen haben immer zwei Namen. Einen mit dem sie gerufen werden und einen Geheimen. Diesen Namen kennen nur ihre Mütter.«

»Warum?«

»Der Name besiegelt das Band zwischen Mutter

und Tochter, solange das Kind noch klein ist. Bist du erwachsen und jemand kennt diesen Namen, kann er dich überall finden. Er hat eine enge Verbindung zu dir, fühlt wenn es dir schlecht geht, wenn du glücklich bist oder wenn du stirbst. Gleichzeitig könnte er dich mit deinem Namen verfluchen. Diesen Fluch kann keine Magie der Welt wieder aufheben. Oder er könnte dir mit dem Namen deine ganze Magie aussaugen und du wärst nie wieder in der Lage, welche zu wirken. Wenn eine Thuadarce also jemandem ihren geheimen Namen nennt, dann nur, wenn sie ihm bedingungslos vertraut. Manchmal verraten Frauen ihren Männern diesen Namen, aber das ist sehr selten. Denn dieses Vertrauen können sie nur einmal in ihrem Leben verschenken.«

»Und wenn sie sich in einen anderen verliebt oder die Ehe nicht hält?«

»Wenn sie dem Mann ihren Körper, ihr Herz und ihren Namen schenkt, dann wird sie nie wieder einen anderen lieben können.«

»Wieso gebt ihr euren Frauen einen geheimen Namen, wenn es nur Nachteile hat? «, fragte ich verwirrt.

»Es hat auch Vorteile«, widersprach Thoran. »Ein geheimer Name hat große Macht. Unsere Frauen sind in der Regel viel kleiner als wir Männer. Ihre Körper können daher nicht soviel Magie speichern. Mit einem geheimen Namen können sie ihr Magiedepot verdoppeln und sind uns Männern ebenbürtig. «

»Ich glaube, ich habe auch so einen geheimen

Namen«, erklärte ich nachdenklich.

»Wieso das?«, fragte er neugierig.

»In meinem Pass steht mein offizieller Name. Aber wenn ich mit meiner Mutter allein war, hat sie mich immer anders genannt. Früher hab ich gedacht, es wäre ein Kosename. Also wie Schatzi oder Mausi, deswegen hab ich ihn keinem gesagt. War mir irgendwie peinlich.«

»Wer kennt diesen Namen noch?«, fragte Thoran wachsam.

»Eigentlich niemand«, stellte ich erst in diesem Moment verwundert fest. »Meine Mutter starb, als ich neun war. Bis dahin haben wir auf dem Hof meines Großvaters gelebt. Aber ich glaube, selbst er kannte diesen Namen nicht.«

»Woher weißt du, dass es kein Kosename war?«

Ich zuckte mit den Schultern und sah weiter auf die Straße.

»Irgendwie hab ich gespürt, dass der Name etwas Besonderes ist. Meine Mutter hat mir aber nie verboten, ihn zu sagen oder so.«

»Sie ist zu früh gestorben«, sagte Thoran. »Bestimmt hätte sie dir bald gesagt, wie wertvoll so ein Name ist. Was ist mit deinem Vater?«

»Den kenne ich nicht. Meine Mutter hat nie über ihn gesprochen.«

»Und wie lautet dein Vorname?«

Ich verzog das Gesicht.

»Nee, den verrate ich nicht. Ich finde ihn schrecklich!«

Thoran lachte amüsiert.

»Okay und wie wirst du dann genannt?«

»Die meisten nennen mich Tinni.«

Thoran lachte schallend.

»Wie kommst du denn zu dem Namen, der passt ja überhaupt nicht zu dir.«

»Ist eine Abkürzung von meinem Nachnamen.«

»Und der wäre?«

»Hast du dann Macht über mich?«

»Nein«, beruhigte Thoran mich. »Nachnamen sind sowas wie Stammeszugehörigkeiten. Es sind keine Machtwörter.«

»Tinnermann«, verriet ich ihm.

»Der Name hört sich auch bekloppt an, da bleibe ich lieber bei *Hexe*.«

»Hey, das war auch der Name meiner Mutter und meines Großvaters!«, beschwerte ich mich.

»Tschuldigung, Hexe«, murmelte Thoran, aber ich konnte genau hören, wie er sich das Lachen dabei verkniff.

»Kann ich dich um etwas bitten?«, fragte Thoran etwas später und sein Tonfall ließ mich aufhorchen.

»Sicher, worum denn?«

»Dass man mir die Haare abrasiert hat«, Thoran holte tief Luft, bevor er fortfuhr, »das ist eine große Schande für einen Thuadaree. Ich wäre dir ehrlich dankbar, wenn das unter uns bleiben könnte.«

»Kein Problem.«

»Schwörst du es?«

»Wenn es dir so wichtig ist. Ich schwöre, dass ich

niemandem davon erzählen werde«, erklärte ich feierlich.

»Danke«, sagte Thoran erleichtert.

*

Nach drei Stunden hielt ich an.

»Du kannst jetzt wieder fahren, wenn du willst. Das Amulett wirkt nicht länger. Lass mal sehen, wie du aussiehst!«

Ich stieg aus und öffnete die hintere Tür. Thoran, der die ganze Zeit über auf der Rückbank gelegen hatte, richtete sich auf und sah mich an.

»Oh – mein – Gott«, stöhnte ich und trat einen Schritt zurück.

»Was ist?«, fragte er panisch.

Ich machte ein paar Mal den Mund auf und klappte ihn wortlos wieder zu.

Seine Haare waren um gut fünf Zentimeter gewachsen und hatten ihn fast zu einem anderen gemacht. Seine dunklen dichten Augenbrauen, mit denen er seinem Todesblick sonst den letzten Kick gab, waren hinter einem Pony fast verborgen. Seine markanten Wangenknochen, die sein Gesicht vorher kantig wirken ließen, wurden von lockigem schwarzem Haar umspielt. Sein Mund, der bisher durch den Bart hart und unbarmherzig wirkte, sah jetzt eher sinnlich aus. Selbst seine Nase, die vorher schmal und scharf aussah, passte jetzt …

»Wie zum Henker seh ich aus?«, schrie er mich an

und fuhr sich nervös mit den Händen durch seine Lockenpracht.

»Gut«, murmelte ich benommen, obwohl das die Untertreibung des Jahrhunderts sein musste.

»Ich brauche einen Spiegel.«

Hektisch krabbelte er vom Rücksitz und stieß mich beiseite, um sich im Außenspiegel des Wagens zu betrachten.

»Sie sind noch zu kurz.«

Er zupfte an seinen Haaren und verzog das Gesicht.

»Kein Wunder, dass du so dämlich geguckt hast. Wenn sie länger werden, hängen sie glatt herunter und die Locken sieht man nicht mehr. Hättest dir mit dem Amulett ruhig mehr Mühe geben können! Hast du noch eins?«

Ich schluckte.

Auch wenn er echt gut aussah, blieb er doch ein ungehobelter, dreister … Thuadaree!

Vielen Dank, Thoran, dass du mich daran erinnert hast, dachte ich und biss die Zähne zusammen.

»Bevor du dich nicht für das eine bei mir bedankt hast, gebe ich dir sicher kein Zweites!«, schnauzte ich ihn an.

Verwundert drehte er sich zu mir um.

»Was ist denn mit dir los?«

»Es dauert drei Stunden, um so ein Amulett herzustellen«, ärgerte ich mich. »Ganz zu schweigen von den vielen Wochen, die es gebraucht hat, bis es richtig funktionierte. Und du tust so, als würde ich dir ein Taschentuch reichen! Außerdem gucke ich nicht *dämlich*!«

Er grinste.

»Dankeschön, kleine Hexe«, schnurrte er und zwinkerte mir zu. »Aber du hast echt dämlich geguckt.«

Ich schloss kurz die Augen und atmete tief durch.

»Zwischen den Anwendungen müssen vierundzwanzig Stunden liegen, sonst klappt es nicht«, erklärte ich ihm. »Wenn du den Rest des Tages wirklich richtig nett zu mir bist, überlege ich es mir und geb dir morgen noch eins.«

Er legte den Kopf leicht schräg und sah mich berechnend an.

»Wie genau definierst du *nett*?«

»Nicht beleidigen, nicht ärgern und vielleicht heute Abend ein Butterbrot schmieren.«

»Ach so«, sagte er enttäuscht, »ich dachte schon, bei dir wäre die Hexe durchgekommen?«

»Hä?«, entgegnete ich wenig geistreich.

Thoran trat einen Schritt auf mich zu und beugte sich sehr nah zu mir herunter.

»Ich kann nämlich noch *viel netter* sein, wenn du willst«, raunte er an meinen Lippen.

»Butterbrot reicht völlig«, krächzte ich und floh auf den Beifahrersitz.

Wir fuhren weiter durch die eintönige Landschaft, rechts Äcker, links Äcker, weit und breit kein Baum.

»Sag mal, hast du eigentlich auch leichtere

Klamotten für mich gekauft?«, fragte Thoran um die Mittagszeit.

Die Sonnc brannte unbarmherzig auf das Wagendach und der Asphalt schimmerte schlierig vor uns. Ich schüttelte den Kopf.

»Nur langärmlige Shirts wie das, was du trägst. Du hattest doch gesagt, ich würde sonst mit Blicken die Magie aus dir ziehen«, rechtfertigte ich mich.

»Ach, verdammt«, murmelte Thoran und hielt an.

»Du bist so voller Magie«, erklärte er und zog sich das Shirt aus. »Du kannst gar nichts mehr aufnehmen.«

Mit barer Gewalt riss er die Ärmel aus den Nähten.

»Schon besser«, sagte er, nachdem er sich das kaputte Shirt wieder übergezogen hatte und nun mit nackten Armen den Wagen steuerte.

»Sag mal, hast du eigentlich eine Ahnung, was so ein Shirt kostet?«, fragte ich verärgert. »Wir hätten doch auch in der nächsten Stadtfestung ein anderes kaufen können. T-Shirts sind nämlich nicht so teuer wie Sweatshirts!«

»Aber mir ist jetzt warm«, widersprach Thoran.

»Dann hättest du es ja auch ganz lassen und einfach ausziehen können!«

»Hätte ich ja auch, aber du hast gesagt, du würdest mich lieber angezogen sehen!«, widersprach Thoran.

»Das hab ich doch nur gesagt, weil du dich vor ein paar Tagen geweigert hast, Sachen von mir anzunehmen!«

»Also würdest du mich lieber nackt sehen?«

»Ja, also NEIN! Ach, leck mich doch…«, grummelte ich, verschränkte die Arme vor der Brust und sah wütend aus dem Fenster.

Thoran setzte gerade an, etwas zu sagen, als ich noch einmal zu ihm herumfuhr.

»Und wenn du jetzt fragst *wo*, verbiete ich dir, für den Rest des Tages zu sprechen!«

Ich sah noch, wie er den Mund zuklappte und breit grinste, dann starrte ich wieder zur anderen Seite.

*

»Grenzer«, sagte Thoran nach einer Weile grimmig.

»Wo?«, fragte ich alarmiert und sah auf die Straße.

»Hinter uns und sie kommen näher.«

»Scheiße«, murmelte ich, steckte meine Waffe hinten in den Hosenbund und holte meinen Pass aus dem Handschuhfach.

Im nächsten Moment hörte ich bereits das Sirenengeheul des Streifenwagens und eine Stimme über Megafon, die uns aufforderte anzuhalten.

Thoran fuhr rechts ran und stellte den Motor ab.

»Steigen Sie aus und halten Sie die Hände hoch«, forderte man uns auf und wir gehorchten.

Ich ging mit erhobenen Händen um den Wagen, in der einen deutlich sichtbar meinen Pass und stellte mich neben Thoran.

Die zwei Grenzer stiegen ebenfalls aus, Pistolen im Anschlag und kamen wachsam auf uns zu. Der eine war etwas größer als ich und untersetzt. Der andere drahtig und fast so groß wie Thoran.

»Sie können sich ausweisen?«, fragte der Dicke misstrauisch und blieb gut fünf Meter vor uns stehen.

Ich nickte.

»Ich bin Agrarier aus dem Stadtbereich Münster.«

»Kommen Sie näher«, befahl er und ich gehorchte.

Er nahm mir meinen Pass ab und wies mich mit einem Kopfnicken an, wieder zurückzutreten.

Aufmerksam sah er sich meine Papiere an.

»Hallgard Tinnermann«, murmelte er, warf seinem Kollegen einen kurzen Blick zu und verglich dann mein Ausweisfoto mit meinem Gesicht.

Neben mir gluckste Thoran.

Im gleichen Augenblick hielten beide Grenzer ihre Pistolen im Anschlag.

»Keine Bewegung, sagte ich«, drohte der Dicke.

Thoran biss sich auf die Wangen und bemühte sich redlich, das Lachen zu unterdrücken.

»Wer ist ihr Begleiter?«, fragte der Dicke jetzt scharf.

»Ein Divergent«, antworte ich.

Thoran lachte nicht mehr.

»Was wollen Sie mit ihm hier, so weit entfernt von Ihrem Bezirk?«

»Wir sind nur auf der Durchreise.«

»Und wohin will er?«

»Zur Küste«, gab ich vage an.

»Was ist er für einer?«.

Ich blickte kurz zu Thoran auf. Er sah den Grenzer

jetzt mit kalter Mine an.

»Thuadaree«, gab er selbst Auskunft.

»Nein, mein Junge«, erklärte der Dicke, deutete auf Thorans zerrissenes Shirt und lächelte süffisant. »Nicht in diesem Leben. Thuadaree tragen keine Lumpen und erst recht keine kurzen Locken auf dem Kopf!«

Thoran ballte die erhobenen Hände zu Fäusten und seine Bizepse schwollen bedrohlich an.

»Also noch einmal«, sagte der Grenzer unbeeindruckt. »Was bist du?«

»Thuadaree«, presste er zwischen zusammengebissenen Zähnen heraus.

»Thoran!«, zischte ich warnend.

»Also gut«, seufzte der Dicke und spuckte auf die Straße.

Er zog Handschellen aus seiner hinteren Gesäßtasche, während sein Kollege weiterhin auf uns zielte.

»Ich nehme dich fest wegen Falschaussage gegenüber Stadtbediensteten, Behinderung von Ermittlungsarbeit und Fahren ohne Führerschein.«

Dann ging alles ganz schnell. Der Dicke trat einen Schritt auf Thoran zu, instinktiv ließ der die Hände sinken und der andere Grenzer schoss. Während ich im Augenwinkel sah, wie Thoran zu Boden ging, zog ich reflexartig meine Waffe, zielte auf den Schützen und drückte ab. Im nächsten Moment drehte ich mich zu dem Dicken, wirbelte herum, riss mein Bein hoch und traf ihn am Kinn. Diese Attacke hatte ich in meinem Capoaira-Training immer am liebsten gemocht. Es knackte sehr laut, der Dicke fiel um und rührte sich nicht.

Einen Moment stand ich da wie gelähmt und atmete keuchend ein und aus.

Erst langsam begriff ich, was ich getan hatte. Der eine Grenzer lag mitten auf der Straße und sein beigefarbenes Hemd färbte sich im Brustbereich rot. Ich hatte ihn direkt ins Herz getroffen. Der andere lag zu meinen Füßen, den Kopf in einer unnatürlichen Haltung zur Seite gedreht. Ich hatte ihm mit meinem Tritt das Genick gebrochen. Thoran lag auf dem Boden und rührte sich nicht.

»Thoran!«, rief ich panisch, fiel neben ihm auf die Knie und legte meine Hand auf seinen Oberkörper.

Ich konnte keine Verletzung sehen, spürte aber unter meiner Hand zum einen, wie sich sein Brustkorb zitternd hob und senkte und zum anderen, dass meine Hand feucht war.

Ich zog sie zurück. Sie war rot von Thorans Blut, der schwarze Stoff hatte sich schon damit vollgesogen.

»Verdammt, verdammt, verdammt!«, fluchte ich und mir kamen die Tränen.

»Thoran, hörst du mich?«

Er stöhnte leise.

»Thoran«, flehte ich verzweifelt. »Du kannst mich jetzt nicht allein lassen! Ich hab zwei Grenzer umgebracht und dir befehle ich zu leben!«

Flatternd öffneten sich seine Augenlider. Er sah

mich an und ein mattes Lächeln umspielte seine Lippen.

»Meine Hexe«, flüsterte er und klang fast ein bisschen stolz.

Dann hustete er und helles Blut floss aus seinem Mundwinkel.

»Weine um mich und rette mich«, hauchte er, schloss die Augen und sein Kopf fiel zur Seite.

»Oh nein, mein Lieber, so machst du dich nicht davon!«, fluchte ich, zog das Messer aus seinem Gürtel und schnitt ihm, wieder einmal, das Shirt auf.

Ich zog es zur Seite und es gab ein schmatzendes Geräusch. Die Kugel hatte ihn direkt in die rechte Brust getroffen. Ich schluchzte verzweifelt auf. Kein Amulett der Welt konnte so eine Verletzung heilen. Es war hoffnungslos. Die Tränen liefen ungehemmt über mein Gesicht und ehe ich es verhindern konnte, tropfte eine direkt auf Thorans Wunde. Ich fluchte, doch Thoran seufzte leise auf.

Wie gebannt starrte ich auf seine Brust. Noch eine Träne tropfte darauf und fassungslos sah ich, wie sich die verletzte Haut, auf die meine Tränen gefallen waren, langsam regenerierte.

»Thoran, was passiert hier?«, fragte ich mit zittriger Stimme.

Meine Tränen liefen, benetzten seine Wunde und heilten sie.

Als außer einem sternförmigen Narbengewebe nichts mehr von dem Einschuss zu sehen war, versiegten meine Tränen. Sie hatten die Wunde komplett verschlossen. Thorans Atem ging wieder regelmäßig, ohne dieses beängstigende Röcheln.

Ich rüttelte vorsichtig an seinem Arm, rief ihn, schrie ihn an.

Aber er wachte nicht auf.

Ich stand auf und rieb mir über das Gesicht. Mein Blick fiel auf die toten Grenzer. Die ganze Situation war so surreal, dass ich hoffte, einfach nur schlecht zu träumen.

Ein kleines bisschen Verstand war mir zum Glück geblieben und mir war klar, dass wir hier so schnell wie möglich verschwinden mussten. Zwar war es sehr ungewöhnlich, dass sich Grenzer außerhalb der Saat- und Erntezeit hier draußen herumtrieben, aber vielleicht waren ja noch mehr unterwegs.

Ich öffnete die Heckklappe und überlegte gerade, wie ich Thoran am besten hinten in den Wagen bekam, als ich in der Ferne ein lautes Heulen hörte.

Bitte, nicht auch das noch!, dachte ich und wären noch Tränen in mir gewesen, hätte ich bestimmt wieder angefangen zu weinen. Ein tieferes Heulen antwortete dem Ersten und es ging mir durch Mark und Bein.

Verbannte waren schon eine echte Plage für ehrbare Agrarier. Doch sie waren nichts gegen die Rudel wilder Hunde, die durch das Land zogen. Als die Städter in dem großen Krieg ihre Festungsmauern errichteten, waren Haustiere innerhalb der Stadtgrenzen verboten worden. Zu wenig Platz und zu viel Dreck. Alles was nicht gegessen werden konnte oder sollte, wurde ausgesetzt. Hunde, Vögel, Katzen, Schildkröten, Echsen und anderes Getier musste zusehen, wie es überlebte oder eingehen.

Die Räuber unter den Haustieren hatten es da am leichtesten. Und die Hunde folgten ihrem Instinkt und rotteten sich zu großen Rudeln zusammen.

Mit Verbannten konnte man reden, sie bestechen oder bedrohen.

Bei den Hunden funktionierte das nicht.

Wieder ein Heulen, diesmal näher und trotz der Hitze lief es mir eiskalt den Rücken runter. Ich würde Thoran hier nicht der Meute zum Fraß lassen. Sollten sie die Grenzer fressen, mir doch egal, aber Thoran würden sie nicht kriegen. Ich drehte mich vorsichtig um und sah gut achthundert Meter die Straße runter einen der Hunde stehen. Das riesige Tier sah direkt in meine Richtung. Jetzt hob er witternd den Kopf. Es war der mit dem tiefen Heulen.

Rechts und links von mir antworteten Hunde, die im hohen Getreide verborgen waren.

Der Rudelführer auf der Straße sah wieder zu mir. Ihn zu erschießen war keine Option. Die anderen wären dann sofort über uns hergefallen.

Ich starrte zurück, atmete ruhig, konzentrierte mich und bewegte mich im Zeitlupentempo auf Thoran zu. Ich musste zu ihm, ihn packen und irgendwie in den Wagen hieven. Alle Kräfte, die ich hatte, musste ich für diesen Moment bündeln. Eine zweite Chance hatte ich nicht.

Ich atmete und starrte und rückte immer näher zu Thoran, atmete, starrte…

Der Hund rührte sich nicht. Auch die andern Hunde lagen ruhig auf der Lauer. Kein Gerstenhalm bewegte sich. Ich stand gerade so, dass ich mich nur noch bücken und Thoran packen musste, da sprintete der Riesenköter los. Das war mein Startschuss.

Ich griff Thoran unter die Arme und zerrte ihn zum Wagen. Ich stieß einen lauten Schrei aus, als ich ihn mit aller Kraft, die in mir steckte, mit dem Oberkörper in den Kofferraum wuchtete. Unsanft zog ich an seinen Beinen, um den Rest von ihm in Sicherheit zu bringen. Dann krabbelte ich über ihn hinweg und griff nach der Heckklappe. Der Rudelführer raste auf uns zu. Es war ein riesiger Dobermann. Seine Ohren waren angelegt, seine Lefzen hochgezogen und seine Fangzähne blitzten wie Säbel in der Sonne. Ich konnte das Weiße in seinen Augen sehen, schlug die Heckklappe zu und der Hund knallte mit voller Wucht gegen den Wagen. Auf allen Vieren hetzte ich nach vorn, rutschte hinter das Lenkrad und ließ den Wagen an. Rechts und links von mir pflügte das Rudel durch das Getreide auf uns zu. Ich raste los, erwischte einen mit dem Vorderreifen, die anderen machten Platz. Im Rückspiegel sah ich mittlerweile ein Duzent Hunde, die halbherzig versuchten, meinem Wagen zu folgen, während andere schon dabei waren, die Grenzer zu beschnuppern.

Ich schaute nicht noch einmal zurück.

Ungefähr eine Stunde lang raste ich in Panik Richtung Osten. Ich hielt erst an, als die Straße nicht mehr weiterführte. Geradeaus ging es in einen künstlich angelegten großen Kanal und die Straße führte nach rechts und links daran entlang. Weit und breit war keine Seele zu sehen. Ich stellte den Motor ab und starrte auf das Wasser. Meine Hände fingen plötzlich an zu zittern, dann klapperten meine Zähne aufeinander und zuletzt war ich ein schluchzendes und zuckendes Häufchen Elend.

Als ich mich wieder einigermaßen im Griff hatte, kletterte ich nach hinten zu Thoran. Er schien die wilde Fahrt gut überstanden zu haben. Er atmete ruhig und gleichmäßig, als würde er tief schlafen. Wecken konnte ich ihn jedoch nicht. Egal was ich versuchte, Thoran blieb bewusstlos.

Ich ging zum Kanal, wusch mir das Blut von den Händen und schlug mir kaltes Wasser durchs Gesicht. Dann wischte ich auch Thoran mit einem nassen Handtuch das getrocknete Blut von der Brust. Vorsichtig rollte ich ihn auf einen der weichen Schlafsäcke. Damit er sich während der Weiterfahrt nicht den Kopf anstieß, baute ich mit meinen Wechselsachen einen kleinen Wall um ihn herum. Ich zog meine Karten vom Vordersitz und hockte mich neben ihn. Wir waren am Elbe-Seitenkanal und ich überlegte, ob wir nun rechts oder besser links abbiegen sollten.

Da Thoran weiterhin schwieg, entschloss ich mich für Links. Laut meiner Karte mussten wir in ungefähr dreißig Kilometer auf die Stadtfestung von Uelzen stoßen. Es war sicher besser, jetzt eine Stadt anzufahren, solange die toten Grenzer noch nicht entdeckt worden waren. Ich wollte unseren Tank auffüllen, ebenso die Reservekanister und uns mit Lebensmitteln eindecken. Zudem lag die Stadt direkt an dem Kanal und es würde sicher in der Nähe eine intakte Brücke geben. Wenn wir Glück hatten, konnten wir so bis an die Küste kommen, ohne vorher noch einmal eine Stadt anfahren zu müssen. Die Überheblichkeit und Arroganz, die die Grenzer Thoran gegenüber gezeigt hatten, war mir nicht geheuer. Kein vernünftiger Mensch legte sich grundlos mit einem Divergenten an, so wie die beiden es getan hatten. Da solche Idioten oft in Gruppen auftraten, wollte ich kein Risiko eingehen und die Gegend so schnell wie möglich verlassen.

Ich fuhr also weiter Richtung Norden. Am Nachmittag sah ich die Stadtfestung in der Ferne und fuhr rechts ran. Ich kletterte über die Sitze zu Thoran und nahm seine Hand.

»Hör zu«, sagte ich leise und streichelte sanft seine Finger. »Wenn sie mich lassen, fahre ich mit dem Wagen in die Stadt. Dann brauche ich das Benzin und die Lebensmittel nicht zu schleppen. Ich fürchte, das schaffe ich heute nicht mehr. Und wir beide wollen ja so schnell wie möglich weiter.«

Ich strich ihm die schwarzen Locken aus der Stirn.

»Weißt du was? Ich werde dir eins meiner Amulette

für deine Haare aktivieren. Und du bleibst schön brav liegen, damit es nicht verrutscht.«

Ich legte meine Hand an seine Wange und beugte mich zu ihm herunter.

»Ich hab dich nämlich angelogen«, flüsterte ich in sein Ohr. »Man muss nicht vierundzwanzig Stunden warten. Aber ich war heute Morgen so sauer auf dich.«

Ich richtete mich wieder auf und sah auf ihn herab. Thoran blieb weiter stumm.

»Also, abgemacht. Du bleibst hier, ich verstecke dich unter meinen Sachen und dafür hast du in ein paar Stunden doppelt so lange Haare!«

Ich suchte das passende Amulett und ritzte mir in den Daumen. Thoran wollte ich für die Aktivierung nicht verletzen. Er hatte schon genug durchgemacht und mein Blut würde hoffentlich reichen. Ich legte ihm das Amulett unter den Kopf und küsste ihn auf die Stirn.

»Rühr dich nicht, bis ich wieder da bin«, befahl ich und deckte ihn mit Handtüchern und meinen Klamotten zu.

Endlich hatte ich an diesem Tag einmal Glück. Nur zwei Stunden später verließ ich die Stadtfestung wieder mit vollem Tank, Reservekanistern auf dem Dach und Proviant für mindestens eine Woche.

Als ich über die Brücke fuhr, änderte sich die Landschaft. Statt durch riesige Getreidefelder, fuhr ich nun an grünen Wiesen entlang, die immer wieder von Wäldern und Bächen unterbrochen wurden. Wie schon zu Beginn unserer Fahrt kam mir kaum ein Fahrzeug entgegen. Trotzdem traute ich mich nicht, rechts ranzufahren und Thoran von seinem Sichtschutz zu befreien.

Die Sonne war noch nicht ganz untergegangen, als ich auf der Suche nach einem Nachtlager die Landstraße verließ. Ich bog in einen Feldweg, der an einem Bach entlang führte und parkte den Wagen hinter einem dichten Busch. Von der Straße aus waren wir so nicht mehr zu sehen. Ich prüfte mit dem Live-Scan die Umgebung. Nichts außer Thoran und Kleingetier. Ich verriegelte alle Türen und versetzte mich in Trance. Da mein Thuadaree nicht auf sich selbst aufpassen konnte, wollte ich kein Risiko eingehen. Es war alles grün, bis auf Thoran natürlich. Der strahlte in dem bekannten feurigen Orangerot. Ungezügelt und temperamentvoll wie immer. Auch wenn er gerade bewegungslos und stumm in meinem Kofferraum lag.

Ich zog meinen Geist wieder zurück und gewohnheitsmäßig sah ich auf die Uhr. Mann, ich wurde ja immer besser! Diesmal hatte ich nur zwanzig Minuten gebraucht! Ich drehte die Fenster einen Spalt weit runter, kletterte nach hinten und befreite Thoran von seiner Tarnung.

»Wow!«, entfuhr es mir, als ich ihm meine Sachen vom Kopf zog.

Seine Haare waren um das Dreifache gewachsen. Sein Pony reichte bis zum Kinn und der Rest würde ihm bis auf die Brust fallen. Wenn man ihn mal kämmen würde. Im Moment lag die Haarpracht wie ein Vogelnest um seinen Kopf herum.

»Schade, dass ich keinen Fotoapparat dabei habe«, kicherte ich und strich ihm die langen Haare aus dem Gesicht, während seine Augen weiter geschlossen blieben. »Ehrlich, du solltest langsam wach werden«, empfahl ich ihm und fuhr mit den Fingern durch seinen dichten Bart. »Deine Locken sind weg, aber so wie du jetzt aussiehst, fallen mir jede Menge gemeine Vergleiche ein.«

Er schwieg.

Ich setzte mich neben ihn und aß ein trockenes Brötchen.

»Du wolltest mir ein Butterbrot schmieren«, beschwerte ich mich und sah zu ihm herüber. »Für das was ich heute alles für dich getan hab, musst du mich mindestens zum Abendessen ausführen.«

Ich würgte das Brötchen herunter und trank einen Schluck Wasser.

»In das teuerste Restaurant, wenn es sowas bei euch überhaupt gibt!«

Eine Weile starrte ich in den Himmel. Der Mond war aufgegangen und die Sterne funkelten über uns. Ich schloss die Heckklappe und zog meinen Rucksack ganz nah zu Thoran. Sein Atem ging immer noch ruhig, doch er rührte sich nicht. Ich schaltete die Innenbeleuchtung des Wagens aus und legte mich neben ihn.

»Ich hätte es nicht für möglich gehalten«, flüsterte

ich, »aber ich vermisse deine Arroganz und deine doofen Sprüche.«

Ich drehte mich zu ihm und legte einen Arm über seine Brust.

»Ich hab dir übrigens heute in der Stadt Einwegrasierer gekauft«.

Mit den Fingern fuhr ich durch seinen Bart und über die Stoppeln auf seinen Wangen, die in den letzten Tagen nachgewachsen waren.

»Du musst nur aufwachen, dann kannst du das Unkraut in deinem Gesicht wieder in Ordnung bringen.«

Ich beugte mich über ihn und betrachtete ihn.

»Ich lege dir heute Nacht noch ein Amulett unter den Kopf. Wenn du dann morgen früh die Augen aufmachst, sind deine Haare wieder richtig lang. Und wenn du nicht aufwachst, flechte ich dir Zöpfe, binde dir rosa Schleifen ins Haar und rasiere dich selbst!«, drohte ich und zog an seiner Nase.

Keine Reaktion. Ich legte meinen Kopf auf seine Schulter, kuschelte mich an ihn und nahm ihn fest in den Arm.

»Ich werde dich zu deinem Lehrer bringen«, versprach ich ihm. »Und wenn ich die ganze Küste abfahren muss, ich werde ihn finden!«

Eine gefühlte Ewigkeit sah ich starr aus dem Seitenfenster in den dunklen Wald. Noch nie in meinem ganzen Leben hatte ich mich so hilflos gefühlt.

»Bitte wach auf und lass mich nicht alleine«, flehte

ich leise und weinte an seiner Seite.

Meine Tränen liefen ungehemmt über meine Wangen auf seine Brust, bis ich irgendwann eingeschlafen war.

Kapitel 9

Als ich am nächsten Morgen aufwachte, war die Sonne schon aufgegangen. Ich rieb mir die Augen und gähnte herzhaft. Dann reckte ich mich und zuckte plötzlich zusammen.

Die Heckklappe stand weit offen und Thoran war nicht mehr an meiner Seite. Abrupt setzte ich mich auf. Thoran hockte nackt am Bach und rasierte sich. Seine schwarzen Haare glänzten feucht und reichten bis auf seine Hüften. Die Locken waren verschwunden, nur die Spitzen wellten sich noch leicht.

»Thoran«, flüsterte ich erleichtert.

Er sah kurz in meine Richtung und lächelte. Dann rasierte er sich in Ruhe zu Ende, wusch die Klinge im Bach ab und legte sie auf den Stapel zu seiner Kleidung. Mit einem Handtuch rieb er sich ab, warf es ebenfalls auf den Haufen und kam gemächlich auf mich zu.

Ich schwöre, ich gab mir alle Mühe nur in sein

Gesicht zu sehen.

Sein schwarzer Henriquatre-Bart wirkte nach der Rasur seiner Wangen richtig aristokratisch. Sein Haar trug er nach hinten gekämmt und seine dunklen Augenbrauen kamen wieder voll zur Geltung. Während er auf mich zuging, zog ich die Knie an meine Brust und schlang schützend die Arme um meine Beine.

»Du hast mir das Leben gerettet«, sagte er und sah mich mit seinen braunen Augen eindringlich an.

»Hab ich«, entgegnete ich.

Er sagte nichts.

»Du bist nackt«, stellte ich sachlich fest.

»Bin ich«, gab er zu und lächelte mich an.

»Wieso?«, fragte ich wachsam.

»Weil ich jetzt ganz dir gehöre. Mein Leben und mein Körper«, antwortete er ernst.

»Du gehörst mir doch sowieso schon. Du erinnerst dich? Die Sache mit dem *Geschenk*?«

Mit den Fingern malte ich Gänsefüßchen in die Luft.

»Bisher konntest du über meine Taten bestimmen«, erklärte er ernst. »Ab jetzt werde ich dir nicht mehr widersprechen, dich nicht ärgern, deine Befehle befolgen wie du es wünschst, ohne zu versuchen irgendwelche Hintertüren zu finden. Und wenn du mich töten willst, werde ich mich nicht wehren.«

Ich runzelte die Stirn und sah ihn verärgert an.

»Thoran, was soll der Scheiß? Ich hab dich nicht vor den Grenzern und den wilden Hunden gerettet, um dich dann umzubringen! Ist das jetzt wieder so ein Thuadaree-Ding? So wie das mit Meine-Seele-ist-im-Ungleichgewicht?«, fragte ich misstrauisch.

Thoran nickte.

»Ach verdammt«, fluchte ich. »Kann man das irgendwie zurechtrücken?«

Thoran sah mich erstaunt an.

»Ich werde mich mit Sicherheit nicht tödlich verletzen, nur damit du die Möglichkeit bekommst, mir auch das Leben zu retten. Das kannst du knicken«, erklärte ich ihm und sah ihm fest in die Augen. »Aber ansonsten bin ich für alles offen!«

Hauptsache, dieser Mann zog sich endlich wieder was an! Sonst würde ich hier noch den Verstand verlieren.

»Aber du könntest über einen Thuadaree herrschen.«

Thoran sah mich an, als hätte ich einen Lottogewinn ausgeschlagen.

»Nein, danke«, erklärte ich kühl. »Wenn ich der Typ wäre, der auf Unterwürfigkeit und blinden Gehorsam steht, würde ich mir einen Hund anschaffen.«

»Bist du sicher?«, hakte Thoran nach und seine Miene war nicht zu deuten.

»Ja, Thoran«, bekräftigte ich, »ich bin sicher. Also, wie kriegen wir das aus der Welt?«

»Ich müsste dir meinen geheimsten Wunsch verraten.«

»Mehr nicht?«, fragte ich verdutzt.

Thoran schüttelte den Kopf.

»Na, dann raus mit der Sprache!«

»Das geht nicht«, murmelte Thoran und sah zu Boden.

»Okay«, ich holte tief Luft. »Wo ist der Haken?«

»Bis vor ein paar Wochen habe ich mir gewünscht, das Erbe meines Vaters anzutreten«, erklärte er ernst. »Aber seit er so krank ist und diese Möglichkeit tatsächlich besteht, bin ich mir da nicht mehr so sicher.«

Er hielt den Blick gesenkt.

»Ich kenne meinen geheimen Wunsch im Moment nicht. Du musst es aus mir herausholen, wie die Magie aus einem Amulett.«

»Ich schneide mir also in den Finger und drücke ihn an deine Haut?«

Thoran nickte, sah mich aber immer noch nicht an. Wieso nur hatte ich den Eindruck, dass dies hier schlimmer für ihn war, als bis an sein Lebensende meinen Befehlen zu gehorchen?

»Ist es das, was du willst?«, fragte ich ihn.

Thoran hob den Kopf.

»Wenn du es willst.«

Ich sah ihn lange an und versuchte vergeblich, irgendetwas aus seinem ausdrucklosen Gesicht zu lesen.

»*Das* will ich auf jeden Fall nicht«, sagte ich schließlich und suchte in meinem Rucksack nach dem Taschenmesser. »Nichts kann schlimmer sein, als dich so willenlos zu sehen. Es wird deine Seele nicht nur aus dem Gleichgewicht bringen, es wird sie töten!«

Ich kletterte aus dem Wagen, stellte mich vor Thoran und schnitt mir tiefer in den Daumen als nötig. Dann legte ich ihm die Handfläche auf die Brust und sah ihm in die Augen.

Ich spürte noch, wie Thoran seine rechte Hand auf meine legte und sie fest an seine Haut drückte. Seine Linke schlang sich um meine Taille und hielt mich fest. Das war auch gut so, denn im nächsten Moment drehte sich alles und die Realität um mich herum wurde von einem wilden Strudel geschluckt. Ich sah plötzlich einen großen, festlich geschmückten Saal. Am Ende des riesigen Raumes stand ein eindrucksvoller Thron, auf dem ein alter Mann saß. Viel zu schnell zoomte das Bild heran, bis es in der Pupille des alten Mannes verschwand und eine neue Vision erschien. Kinder, die auf einer Wiese spielten. Das Bild glitt wieder unglaublich schnell bis in die Pupille eines kleinen Jungen. Dann sah ich einen stattlichen Mann, der große Ähnlichkeit mit Thoran hatte. Bewaffnet mit Schwert und Schild stand er vor einer Horde Kriegern und brüllte einen Befehl. Wieder endete die Sequenz mit rasender Geschwindigkeit in seinem Auge. Das nächste Bild war von Anfang an sehr nah. Es zoomte nicht, es war einfach. Ich lag nackt auf einem Bett mit altmodisch blau-weiß kariertem Bezug und an der Wand darüber hing ein Kranz aus getrockneten Rosen.

Und Thoran lag auf mir. In mir? Ich sah mich selbst, die Hände in seinem langen Haar vergraben und die Augen geschlossen. Thoran bewegte rhythmisch seine Hüften, stieß wieder und wieder in mich hinein, während ich den Kopf nach hinten bog und ihm meinen Unterleib entgegen reckte.

Das Bild zerplatzte in tausend Sterne und ich sah Thoran wieder vor mir stehen. Seine Hand auf meiner und sein Arm, der mich hielt. Letzteres war besonders wichtig, da ich sonst vermutlich aus den Latschen gekippt wäre.

Unter seinem intensiven Blick wurde mir ganz anders.

»Äh, weißt du, was ich gesehen habe?«, krächzte ich und versuchte vergeblich, mich aus seiner Umarmung zu befreien.

»Nein, sag es mir!«, befahl er drohend und beugte seinen Kopf zu mir herunter, ohne mich loszulassen.

Ich räusperte mich und schluckte.

»Ich habe einen alten Mann auf einem Thron gesehen.«

»Das ist mein Vater«, erklärte Thoran und sah mich forschend an. »Dass ich gerne seine Nachfolge übernehmen würde, war mal mein Wunsch. Was hast du noch gesehen?«

»Kinder?«, antwortete ich unsicher.

»Wollen alle Thuadaree, was noch?«

»Ich hab den Anführer eines Heeres gesehen«, stieß ich hervor.

»Jeder weiß, dass ich meinen Bruder Jesko bewundere und gern so wäre wie er. Was hast du noch gesehen?«, zischte er und drückte mich so fest an sich, als wollte er die Antwort aus mir herauspressen.

»Ich hab dich beim Sex mit einer Frau gesehen«, nuschelte ich, drückte beide Hände gegen seine Brust und versuchte von ihm loszukommen.

»Mit wem?«, knurrte er.

Da war er wieder, der Todesblick.

Ich hatte ihn fast schon vermisst.

»MIT WEM, Hexe!«, schrie er mich an.

Er hob mich plötzlich hoch und hielt mich auf Augenhöhe an seinen Leib gepresst. Seine Augen funkelten gefährlich.

»Mit mir?«, piepste ich ängstlich und es klang eher nach einer Frage.

Thoran erstarrte.

Er hielt mich immer noch hoch, sah mir weiter in die Augen, aber ich hatte das Gefühl, er nahm mich überhaupt nicht wahr.

»Ich hatte dir befohlen, mich nicht zu schlagen, zu verletzen oder zu töten«, erinnerte ich ihn vorsichtshalber.

Er rührte sich nicht.

»Vielleicht hab ich ja einfach nicht richtig hingesehen«, behauptete ich und versuchte vergeblich, Abstand zu ihm zu gewinnen. »Ich meine, ein Prinz der Thuadaree und ich«, plapperte ich drauf los, »das ist doch einfach lächerlich!«

»Nein«, brummte er fassungslos, ließ mich langsam an seinem Körper herab auf meine Füße gleiten und sah mir dabei die ganze Zeit fest in die Augen.

»Das kann nicht sein«, murmelte er, als ich endlich

wieder auf eigenen Beinen stand, immer noch viel zu eng an ihm.

Dann legte er plötzlich den Kopf in den Nacken und fing an, schallend zu lachen.

»Wenn dich dieser Gedanke so amüsiert, kannst du mich ja jetzt vielleicht mal loslassen«, schlug ich vor und versuchte noch einmal, seinem Klammergriff zu entkommen.

Sein Lachen verklang und er sah grinsend auf mich herab.

»Ich will dich ficken!«, gestand er völlig perplex und schüttelte ungläubig den Kopf. »Du hast mein Geheimnis gesehen, bevor es mir selbst klar war. Ich fasse es nicht!«

Ich starrte ihn schockiert an.

»Du spinnst ja«, schimpfte ich und suchte verzweifelt nach einer Erklärung. »Schon mal was von Priming gehört?«, fiel mir ein und er schüttelte den Kopf. »Ich zeige dir ein Bild und unbewusst beeinflusst das deine Gedanken«, erklärte ich und gestikulierte wild mit den Händen. »Ich hab dir gesagt, was ich als deinen geheimsten Wunsch gesehen habe und jetzt glaubst du, dass er das ist. Ich hab mich bestimmt getäuscht.«

Er schüttelte nur den Kopf.

»Thoran, jetzt denk doch mal nach! Geheime Wünsche sind niemals so banal, das ist doch Unsinn. Wahrscheinlich hab ich das nur gesehen, weil du nackig vor mir stehst. Doppeltes Priming sozusagen…«

Ich argumentierte und erklärte, wie es zu dieser Vision gekommen sein könnte, während Thoran mich die ganze Zeit festhielt. Er schien mir überhaupt nicht zuzuhören.

»Halt die Klappe, Hexe!«, sagte er mit rauer Stimme. »Während du redest wie ein Wasserfall, habe ich in mein Innerstes gesehen.«

»Und?«, fragte ich kleinlaut.

Er legte eine Hand unter mein Kinn und hob meinen Kopf, damit er mir tief in die Augen sehen konnte.

»Ich will dich, kleine Hexe«, erklärte er heiser.

Er beugte seinen Kopf herunter zu meinem Ohr und flüsterte: »Ich will dich ficken, mit meiner Zunge, mit meinem Schwanz und in jeder Stellung, die du dir nur denken kannst.«

Ich schluckte. Na, das war ja mal eine Ansage!

Er leckte über meinen Hals und biss sanft in mein Kinn. Ich musste mir jetzt ganz schnell was einfallen lassen, sonst würde sein *Wunsch* hier und jetzt in Erfüllung gehen.

»Thoran, bitte«, stammelte ich und versuchte meinen Kopf wegzudrehen.

Männer wie er wollten Frauen wie mich nur, wenn sie keine Alternative hatten. So verlockend die Vorstellung auch war, mit ihm zu schlafen - dafür war ich mir echt zu schade. Und während ich tapfer versuchte standhaft zu bleiben, glitten seine Hände herunter zu meinem Hintern und drückten ihn gegen sein mittlerweile hartes Geschlecht.

»Ich befehle dir, sofort aufzuhören!«, stöhnte ich, bevor ich seinem Testosteronschub erlag.

Thoran erstarrte. Langsam richtete er sich auf und starrte mich fassungslos an.

»Aber warum?«, knurrte er verärgert. »Ich kann dein Verlangen sogar riechen!«

»Das mag sein«, antwortete ich und lief rot an. »Aber ich will keinen *Fick* mit dir.«

»Du störst dich an meiner Wortwahl?«, fragte er fassungslos.

»Nein«, erklärte ich, »nur an den Konsequenzen.«

»Die da wären?«

Er grinste mich an und drückte mit den Händen noch einmal gegen meinen Hintern. Losgelassen hatte er mich die ganze Zeit natürlich nicht.

»Würde ich dich auf einer Party kennenlernen, hätte ich nichts gegen eine Nacht mit dir. Denn du wärst mit Sicherheit am nächsten Morgen aus meinem Leben verschwunden. Aber wir müssen noch länger miteinander auskommen. Also werden wir es bei einem rein freundschaftlichen Verhältnis belassen. Und jetzt sieh zu, dass du deinen kleinen Prinzen in den Griff kriegst, damit er in deine Hose passt und wir weiterfahren können.«

Thoran hob aufgebend die Hände und lachte.

»Rein freundschaftlich nennst du das also!«

Er trat einen Schritt zurück und ich sah verlegen in den Himmel. Dann drehte er sich um und ging zu seinen Klamotten am Bach.

Ich saß schon auf dem Beifahrersitz und sortierte konzentriert mein Straßenkarten, als Thoran in den Wagen stieg.

Er schien den Weg zu kennen, denn ohne ein Wort fuhr er los. Ich sah stumm aus dem Seitenfenster. Die Straße war verhältnismäßig gut und die Landschaft rauschte an mir vorbei. Als wir an einem Fluss ankamen, stoppte Thoran und überprüfte die Brücke, die darüber führte. Sie war in einem guten Zustand und schweigend setzten wir unsere Fahrt fort.

Am späten Nachmittag zogen dunkle Gewitterwolken auf. Die ersten Schauer waren nur ein Vorbote für die Wolkenbrüche, die wir in der Nacht zu erwarten hatten.

Es wurde bereits dunkel, als wir den Schweriner See erreichten. Thoran fuhr rechts um den See herum, damit wir nicht zu nahe an der Stadtfestung übernachten mussten. Erst spät fand er einen sicheren Lagerplatz, bei dem wir nicht Gefahr liefen, weggespült zu werden.

Den ganzen Tag über hatten wir kein Wort miteinander gesprochen. Was am Morgen vorgefallen war, hing wie die dunkle Wolkendecke am Himmel über uns.

»Kann ich dich, so rein freundschaftlich, was fragen?«, erkundigte sich Thoran, als er den Motor ausstellte.

Der Regen trommelte mittlerweile auf das Wagendach und lief in Sturzbächen die Scheiben herab.

»Natürlich«, antwortete ich kühl.

»Kann ich hier im Auto pennen oder muss ich draußen schlafen?«

Ich sah ihn wütend an.

»Ich bin kein Unmensch, Thoran«, giftete ich. »Auch wenn die Versuchung, dich rauszuschmeißen echt verlockend ist!«

»Du könntest es mir befehlen. Ich meine, ich bin ja immer noch dein Geschenk!«

»Treib es nicht zu weit!«, fuhr ich auf. »Und jetzt halt die Klappe und lass uns schlafen!«

»Wie du willst«, schmunzelte Thoran und kletterte nach hinten.

Ich löschte das Licht, krabbelte in meinen Schlafsack und versuchte zu schlafen.

Vergeblich.

»Hexe?«, fragte Thoran leise.

»Hm?«

»Danke, dass du mir das Leben gerettet hast.«

»Gern geschehen«, murmelte ich.

»Und danke, dass ich dafür nicht mehr in deiner Schuld stehe.«

»Bitte.«

»Du hast Recht gehabt. Ich hätte es nicht lange ertragen, mich selbst zu verlieren.«

»Hmhm. Versuch zu schlafen, Thoran, ich probier es auch gerade!«

»Hexe?«, flüsterte er fünf Minuten später.

»Hm!«, brummte ich unwillig.

Thoran drehte sich zu mir, stützte seinen Kopf auf die Hand und sah auf mich herab.

»Kann ich dich was fragen?«

Ich drehte mich auf den Rücken und blinzelte ihn an.

»Was denn?«

»Was hätte sich geändert, wenn wir heute Sex gehabt hätten?«

Ich seufzte. War ja klar, dass das Thema noch nicht durch war.

»Für dich sicher gar nichts«, erklärte ich. »Aber für mich schon. Ich weiß wirklich nicht wieso, aber irgendwie mag ich dich. Und mit Männern, die ich mag, kann ich nicht einfach so ins Bett huschen.«

»Das verstehe ich nicht.«

Nachdenklich legte er die Stirn in Falten.

»Die Gefahr, dass ich dann mehr will, ist einfach zu groß«, erklärte ich.

»Mehr als Sex?«, fragte er jetzt ehrlich irritiert.

Ich schnaubte unwillig.

»Eine feste Beziehung zum Beispiel? Heiraten, Kinder kriegen, zusammen alt werden?«

»Ach, sowas«, murmelte er.

»Genau«, bekräftigte ich und drehte ihm wieder den Rücken zu.

Ich war schon fast eingeschlafen.

»Hexe?«

Ich spürte, wie Thoran sich bewegte und der

Wagen leicht wankte.

»Was ist denn jetzt noch?«, grummelte ich genervt und dreht mich wieder zu ihm.

Er hatte sich das Shirt ausgezogen und mein Blick blieb unwillkürlich an seinem beeindruckenden Oberkörper kleben. Langsam beugte er sich zu mir herunter.

»Ich wünsche dir angenehme Träume«, flüsterte er an meinen Lippen.

Dann grinste er anzüglich, zog sich zurück und legte sich auf den Rücken, die Arme hinter dem Kopf verschränkt.

Wie gebannt starrte ich ihn an. Mir war mit einem Mal schrecklich heiß und ich versuchte vergeblich zu schlucken. Irgendwann gelang es mir schließlich. Ich schnaubte ärgerlich und drehte mich weg. Eingekuschelt in meinen Schlafsack wollte ich jetzt endlich schlafen, doch die Bilder aus der Vision sah ich jetzt glasklar vor meinen Augen. Dieser Mistkerl…

Am nächsten Tag waren wir bis Mittag gut vorangekommen, als Thoran plötzlich anhielt.

»Thoran? Was hast du?«, fragte ich alarmiert.

Seine Hände umklammerten das Lenkrad so fest, dass seine Fingerknöchel weiß hervortraten. Sein ganzer Körper war angespannt und er starrte gebannt auf die Straße. Ängstlich sah ich mich nach allen Seiten um, konnte aber nichts Ungewöhnliches erkennen.

»Thoran, was…?«

»Du musst fahren!«, unterbrach er mich, stieg aus und lief um den Wagen, während ich schnell auf den Fahrersitz kletterte.

»Was ist denn los?«, fragte ich.

»Nicht jetzt«, wehrte er ab, legte die Finger an die Schläfen und schloss die Augen. »Fahr los!«

Ich gab Gas und fuhr, so schnell es die Straßenverhältnisse zuließen, weiter geradeaus.

»Jetzt rechts«, befahl er nach gut zehn Kilometern

und ich bog gehorsam rechts ab.

Keine Ahnung woher er wusste, dass dort eine Straße war. Denn als ich kurz zu ihm rüber sah, hatte er die Augen fest geschlossen und schien wie in Trance.

»Links!«, rief er plötzlich.

Ich bremste scharf, fuhr ein kurzes Stück zurück und bog dann in einen unbefestigten Feldweg.

»Halte vor der Scheune«, wies er mich an.

Ich wollte ihm gerade sagen, dass hier nirgendwo eine Scheune war, als der Weg einen Bogen machte und hinter einem Wäldchen tatsächlich eine baufällige Scheune stand.

Thoran rieb sich erschöpft mit den Händen das Gesicht. Er holte meinen Live-Scan aus dem Handschuhfach und schaltete ihn ein. Da er ihn in den Händen hielt, war ich diesmal als großer Stern auf der Anzeige zu sehen. Gleich in der Nähe von einem anderen Stern, der auf Höhe der Scheune leuchtete.

»Thoran, was geht hier vor?«, wollte ich wissen.

»Später«, blockte er ab und sah mich besorgt an. »Kannst du mental die Umgebung prüfen? Ich traue meinen Sinnen gerade nicht so ganz.«

Ich nickte, schloss die Augen und streckte meine geistigen Fühler aus. Alles um uns herum leuchtete in einem warmen Smaragdgrün. Nur der Stern in der Scheune schimmerte in einer Farbe, die ich so noch nie sehen gesehen hatte. Sie lag irgendwo zwischen Rot und Rosa, eine unreife verspielte Person. Doch die Farbe vermischte sich mit einem dreckigen Grau.

Sie fürchtete sich und hatte Todesangst.

Ich berichtete Thoran, was ich gesehen hatte und er schüttelte den Kopf.

»Es kann nicht sein, dass er hier ist!«, sagte er leise.

»Wer denn?«, fragte ich, doch Thoran antwortete nicht.

»Bist du ganz sicher, dass hier außer dem Mann in der Scheune nichts ist? Keine anderen Divergenten, kein Hinterhalt oder sonst was?«

»Ich weiß es nicht«, erklärte ich hilflos. »Ich habe keine Erfahrung mit solchen Dingen. Es war alles grün! Das Messer an meinem Tor habe ich als schwarzen Fleck gesehen, aber hier ist nichts Schwarzes.«

»Nimm deine Waffe mit und gibt mir Rückendeckung«, entschied er, stieg aus und näherte sich vorsichtig dem Scheunentor.

»Bleib hinter mir«, raunte er und öffnete langsam die Tür.

Sie quietschte in den Angeln und schleifte über den Boden. In der Scheune war es dunkel, bis auf ein paar Sonnenstrahlen, die durch das kaputte Dach schienen. Staub tanzte behäbig in der Luft und es war totenstill. Als sich meine Augen an das diffuse Licht gewöhnt hatten, erkannte ich im hinteren Teil der Scheune die Gestalt mit der schmutzig rosafarbenen Aura.

»Oh, mein Gott!«, keuchte ich entsetzt und wollte auf sie zulaufen, doch Thoran hielt mich zurück.

»Warte«, flüsterte er.

Er suchte mit den Augen jeden Quadratzentimeter

der Scheune nach versteckten Gefahren ab, während ich fassungslos auf den Mann starrte. Er saß auf dem Boden vor einem uralten Mähdrescher, die Beine von sich gestreckt. Die Arme waren rechts und links an die Haspel gefesselt, die früher das Getreide nach unten drückte. Sein Kopf war auf die Brust gesackt. Seine Kleidung war zerfetzt und zerschnitten, genauso wie seine Haut. Fliegen surrten um ihn herum und labten sich an seinem Blut. Sein Haar war auf einer Seite des Schädels abrasiert und lag auf einem Haufen zu seinen Füßen. Es war hellblond. Anders als der verbliebene Rest langen Haares, der dreck- und blutverkrustet war. Es war nicht zu erkennen, ob er noch lebte.

Endlich bewegte sich Thoran. Er ließ mich los und ging mit schweren Schritten auf den Mann zu. Neben ihm sank er auf die Knie.

»Jondar«, hauchte er und in seiner Stimme lag so viel Fassungslosigkeit und Entsetzen, dass es mir fast das Herz brach.

Langsam ging ich näher und sah, wie der Mann die Augen öffnete.

»Thoran«, flüsterte er, »du lebst!«

»Und das wirst du auch«, sagte Thoran eindringlich und legte seine Hand an die Wange des Mannes. »Ich habe eine Heilerin bei mir, es wird alles gut.«

Der Mann lächelte, dann fielen ihm die Augen wieder zu und er sackte zusammen.

Thoran zog sein Messer und schnitt vorsichtig die Fesseln durch.

»Machst du den Wagen bereit?«, fragte er mich, ohne den Blick von dem Verletzten zu lassen.

Ich eilte nach draußen, öffnete die Heckklappe und legte unsere Schlafsäcke aus. Dann suchte ich in meinem Beutel nach Amuletten. Schmerzamulette hatte ich vier, Heilamulette nur noch eines.

Thoran trug den Mann wie ein schlafendes Kind aus der Scheune zum Wagen und legte ihn sanft in den Kofferraum. Im hellen Tageslicht sahen seine Wunden noch grausamer aus. Kreuz und quer über seinen Körper zogen sich lange und kurze Schnitte, einige oberflächlich, andere tief in der Haut. Sein Gesicht war blass und seine Lippen aufgesprungen. Er war noch erschreckend jung, kaum älter als zwanzig.

»Fahr den Feldweg zurück und dann links die Straße runter«, sagte Thoran.

Ich drückte im wortlos die Amulette in die Hand, setzte mich nach vorne und fuhr los. Thoran blieb hinten im Wagen bei dem Verletzten. Die ganze Zeit über hörte ich ihn leise und beruhigend auf den Mann einreden. Nur ab und zu hob er den Kopf, orientierte sich an der Umgebung und gab mir Anweisungen, wohin ich fahren sollte.

Über zwei Stunden fuhren wir über Landstraßen und durch verfallene Städte. Dann über versteckte Feldwege und schließlich querfeldein an einem Fluss entlang. Ein paar Kilometer weiter lotste Thoran mich durch eine versteckte Schneise in den dichten Wald. Sie war gerade breit genug für unseren Wagen.

Der Weg führte zu einer Festung, die ähnlich wie meine, auf einer Lichtung stand. Nur war diese hier wesentlich kleiner, doch ebenfalls mit einer hohen Mauer gesichert. Nur eine Einfahrt konnte ich nirgends entdecken. Ich hielt an und Thoran stieg eilig aus.

Er stellte sich vor die Mauer, legte die Hände auf die alten Steine und lehnte die Stirn dagegen. Ein Ruck ging durch das Wehr, die Fugen rissen an einer Stelle von oben nach unten auf und die Mauer schwang auf. Thoran ging vor und ich folgte ihm mit dem Wagen. Kaum hatte ich im Innern der Festung angehalten, schloss sich die Festungsmauer wieder und Thoran stieg auf die Ladefläche, um nach dem Verletzten zu sehen.

»Wie geht es ihm?«, fragte ich leise und sah nach hinten.

»Die Schmerzamulette wirken, aber das Heilamulett nicht mehr und einige Wunden haben sich noch nicht geschlossen.«

Ich kletterte nach hinten und hockte mich neben die beiden. Thoran hatte dem Mann während der Fahrt die zerfetzte Kleidung ausgezogen. Einige Stoffreste hatten sich mit den Wunden verbunden und durch das Entfernen hatten sie sich wieder geöffnet.

»Wird er sterben?«

»Nein«, Thoran lächelte mich traurig an. »Aber sein Körper wird von den Narben für immer entstellt sein.

Ich fürchte, das wird ihm überhaupt nicht gefallen.«

Ich schluckte.

»Er ist ziemlich eitel«, erklärte Thoran und hielt mitfühlend die Hand des Mannes. »Zum Glück haben sie ihm nicht die Finger gebrochen. Wenn er seine Instrumente nicht mehr spielen könnte, wäre das sein Tod.«

Ich spürte, wie mir die Tränen in die Augen stiegen und zog schniefend die Nase hoch.

Thoran sah mich verwundert an.

»Du weinst?«

Ich nickte und eine Träne lief mir über die Wange.

»Du weinst um ihn?«

»Ja«, schluchzte ich, »er tut mir so leid.«

»Darf ich deine Tränen fangen?«

Erst wusste ich nicht, was er meinte, dann nickte ich. Vielleicht konnten sie auch den jungen Mann heilen. Thoran nahm einen Stofffetzen und tupfte damit ehrfürchtig die Träne von meinem Kinn. Und wischte dann wieder und wieder über meine Wangen, weil es nicht bei dieser einen Träne blieb. Eigentlich war ich gar nicht so nah am Wasser gebaut, aber was man dem Mann angetan hatte, erschütterte mich zutiefst. Und dass Thoran so unerwartet fürsorglich zu dem Verletzten war, hatte mir den Rest gegeben. Der Stoff war bald klatschnass und behutsam wischte Thoran damit über die Wunden. Sie schlossen sich innerhalb weniger Minuten und zurück blieben nur feine weiße Linien. Thoran lächelte erleichtert, beugte sich zu mir herüber und nahm mich in den Arm.

»Danke«, flüsterte er.

Seine Stimme zitterte und er drückte mich so fest, dass mir fast die Luft wegblieb.

»Bitte«, japste ich und er ließ mich wieder los.

»Du kennst ihn?«, fragte ich leise und sah kurz zu dem jungen Mann herüber.

»Jondar, mein kleiner Bruder«, erklärte er und jetzt war so viel Hass und Wut auf die Folterer in seiner Stimme, dass ich eine Gänsehaut bekam. »Sie haben ihm gerade so viel Magie gelassen, dass seine Wunden langsam heilen. Er wäre elend verhungert und verdurstet«, zischte er und strich über die verbliebenen Haare des Mannes. »Wenn sie nicht vielleicht sogar vorgehabt haben zurückzukommen, um ihn noch einmal zu quälen.«

Er legte sanft eine Hand auf die Brust seines Bruders und seine Stimme wurde wieder freundlich.

»Aber das wird nicht passieren und die Heilerin hat dich gerettet. Du wirst keine hässlichen Narben behalten und wenn du aufwachst, wird es dir wieder gut gehen.«

»Heilerin?«, wiederholte ich verwirrt.

Thoran sah zu mir herüber und grinste.

»Du hast überhaupt keine Ahnung, oder, Hexe?«

Bevor ich darauf etwas antworten konnte, öffnete er die Heckklappe und streckte mir auffordernd seine Hand entgegen.

»Komm mit rein. Ich zeige dir, wo du heute Nacht schlafen kannst. Ich werde bei meinem Bruder im Wagen bleiben. Er braucht Ruhe und ich will ihn jetzt nicht mehr bewegen.«

Ich ergriff seine Hand und er führte mich in eine Holzhütte, die mittig in der Festung stand.

»Bevor ich Gwenda geheiratet habe, war dies hier mein Stützpunkt im Osten«, erklärte er.

Spion!, erinnerte ich mich und folgte ihm.

Er zeigte mir sein Haus, aber ich hatte nur Augen für das große Bett. Mit einer richtigen Matratze! Und Kopfkissen! Hatte ich erwähnt, dass ich Camping hasse?

»Erzähl mir das morgen«, murmelte ich, während Thoran weiterredete, und ging wie ein Zombie auf das Bett zu.

Ich zog meine Schuhe und die Jeans aus und fiel auf die weiche Matratze.

»Morgen«, nuschelte ich noch einmal und zog mir eine flauschige Decke über den Kopf.

Kapitel 11

Ich schlief wie eine Tote. Als ich am nächsten Morgen aufwachte, dachte ich, ich läge in meinem Bett in meiner Festung und alles wäre nur ein böser Traum gewesen. Ich hatte sogar mein Seitenschläferkissen im Arm und alles war gut. Bis mir irgendwann auffiel, dass ich statt meinem Kissen einen Arm umschlungen hielt und mein Bein sich um ein Fremdes gewickelt hatte. Langsam öffnete ich die Augen und blickte in Thorans grinsendes Gesicht.

»Was machst du denn hier?«, murmelte ich benommen, bewegen konnte ich mich noch nicht.

»Mein Bruder schnarcht ganz fürchterlich.«

»Ach was«, nuschelte ich, gähnte und zog seinen Arm in die richtige Lage, um meinen Kopf daraufzulegen.

»Wollen wir aufstehen?«

»Nee«, schnaubte ich. »Noch fünf Minuten, du bist so schön kuschelig.«

Thoran hob den Kopf leicht an und zog skeptisch

die Augenbrauen hoch.

»Kuschelig?«, wiederholte er entsetzt.

»Hm-hm«, brummte ich bestätigend, rieb meine Wange an seinem Oberarm und seufzte wohlig.

»Wie geht's deinem Bruder?«, fragte ich ihn undeutlich.

»Dem geht es gut. Er ist heute Nacht schon einmal aufgewacht. Ich hab ihm gesagt, dass ich drinnen schlafe. Wenn er wach wird, kommt er sicher rein. Aber ich schau gleich mal nach ihm. Wenn du mich losgelassen hast.«

»Mach das«, grunzte ich abwesend mit geschlossenen Augen und zog seinen Arm noch fester an mich heran.

Ich muss wohl wieder eingeschlafen sein, denn ich schrak auf, als jemand mit einem lauten »Morgen, Thoran!« in die Hütte platzte.

Mein Kopf fuhr hoch und schlaftrunken erkannte ich Thorans Bruder.

»Morgen!«, grüßte Thoran zurück und winkte mit dem Arm, den ich nicht umklammert hatte.

»Stör ich?«

Jondar sah seinen Bruder unsicher an und warf mir einen komischen Blick zu.

»Nein«, wehrte Thoran ab, drehte den Kopf zu mir und grinste.

»Wenn du mich jetzt endlich mal loslassen könntest, Hexe? Ich würde gern zu meinem kleinen Bruder!«

Mein Kopf sank zurück in die Kissen. Es dauerte

ungefähr drei Sekunden, bis ich überhaupt begriff, was los war. Thoran lag neben mir auf dem Rücken und ich hatte mich zu ihm gedreht. Mein Kopf ruhte bis gerade noch auf seinem Oberarm, seinen Ellenbogen hatte ich zwischen meine Brüste geklemmt und seine Hand lag warm auf meinem Bauch. Mein Knie lag auf seinem Unterleib und gegen mein Schienbein drückte sich etwas langes Hartes.

Wie von der Tarantel gestochen, ließ ich ihn los, drehte mich auf die andere Seite und zog Thoran dabei die Bettdecke weg.

»Bist du ganz sicher, dass ich nicht störe?«, fragte Jondar skeptisch.

»Tust du nicht, Bruder«, lachte Thoran. »Die Hexe und ich haben ein rein freundschaftliches Verhältnis.«

»Ach«, spottete Jondar.

Thoran stand auf und ging zu seinem Bruder, während ich mir die Bettdecke über den Kopf zog. Mann, war das peinlich.

»Komm, Jondar, wir gehen nach draußen und geben der Hexe ein paar Minuten, um richtig wach zu werden.«

Das hatte ich auch bitter nötig.

Während sich die Brüder draußen leise unterhielten, machte ich mich frisch und ging zu ihnen. Jondar war etwas kleiner und wesentlich schlanker als Thoran. Von der Statur her wirkte er eher wie ein Langstreckenläufer. Er hatte ein hübsches, jugendliches Gesicht. Sein verbliebenes Haar hatte er gewaschen und zu einem Zopf gebunden, der ihm bis auf die Brust fiel. Das Sweatshirt von Thoran, das er trug, war ihm viel zu weit, meine Hose allerdings auch.

»Guten Morgen!«, sagte ich und streckte Jondar zur Begrüßung die Hand entgegen. »Ich freue mich, dass es dir wieder besser geht!«

Jondar nahm meine Hand in beide Hände, verbeugte sich tief vor mir und sagte ehrfürchtig: »Ich danke dir für deine Tränen.«

»Oh, bitte nicht!«, rief ich entsetzt und sah Thoran flehend an. »Muss ich mir jetzt auch noch sein Geheimnis angucken?«

Thoran brach in schallendes Gelächter aus und Jondar hob verwirrt den Kopf.

»Hab ich was falsch gemacht?«, fragte er betreten.

»Er lag nicht im Sterben, wie ich«, erklärte Thoran. »Er wollte sich wirklich nur bedanken.«

»Gott sei Dank«, murmelte ich erleichtert und schenkte Jondar ein nettes Lächeln.

Zumindest hoffte ich, dass es so aussah.

»Moment mal.« Jondar sah plötzlich erschrocken von mir zu Thoran. »Sie kennt dein *Geheimnis*?«

»Sie hat mein Leben gerettet und mich damit wieder frei gegeben«, erklärte Thoran knapp.

»Wieso sollte sie dich wieder freigeben?«, fragte Jondar ungläubig.

Thoran zuckte nur mit den Schultern.

»Lass uns reingehen, ich hab Hunger«, sagte er statt einer Antwort.

Nach dem Frühstück setzten wir uns wieder draußen in die Sonne. Thoran erzählte, wie er an mich geraten war und Jondar berichtete, warum er hier im Osten, statt bei seiner Familie im Süden war. Jesko, der Älteste der Brüder, hatte Gerüchte gehört, dass Thoran und seine Frau verschwunden waren. Er und Jondar hatten vergeblich versucht, Thoran über das Familienband ausfindig zu machen. So, wie Thoran auch Jondar gefunden hatte. Doch Thoran war anscheinend zu weit entfernt gewesen. Jesko hatte daraufhin Kontakt zu den Thuadaree im Osten aufgenommen, doch alle Gespräche wurden rigoros abgelehnt. Jesko wollte Thoran suchen, doch der Gesundheitszustand ihres Vaters hatte sich so verschlechtert, dass er nicht von seiner Seite weichen wollte. Während Jesko also überlegte, wen er schicken konnte, um nach Thoran zu suchen, war Jondar einfach allein gen Osten losgezogen. Er wollte seinen Bruder finden.

In jeder Thuadareesiedlung hatte er nach Thoran und seiner Frau gefragt. Doch niemand konnte ihm helfen. Schließlich war er Richtung Norden weitergelaufen. Auf dem Weg hatte man ihn überfallen, in die Scheune verschleppt und gefoltert. Seine Peiniger waren vermummt gewesen, so dass Jondar sie nicht erkennen konnte, genau wie bei Thoran.

»Ich weiß nicht, was sie von mir wollten. Sie sind einfach auf mich losgegangen. So, als würde es ihnen Spaß machen. Sie haben kein Wort gesagt und nicht eine Frage gestellt.«

»Du wirst uns zu meinem alten Lehrer begleiten«, entschied Thoran. »Vielleicht kann Arden nicht nur die Schenkung rückgängig machen, sondern auch helfen herauszufinden, wer uns aus dem Weg haben will. Oder was denkst du, Hexe?«

Er sah mich fragend an und ich nickte.

»Hexe?«, wiederholte Jondar verwirrt. »Wieso nennst du sie Hexe?«

»Weil ich zur Hälfte eine Hexe bin«, erklärte ich ihm.

Jondar sah mich ungläubig an.

»Und die andere Hälfte?«

»Mensch.«

Zuerst grinste Jondar breit, dann brach er in schallendes Gelächter aus.

»Du?«, kicherte er. »Ein Hexenmischling? Verarsch mich doch nicht!«

Hilfesuchend blickte ich zu Thoran, doch der schmunzelte nur.

»Was sollte ich denn sonst sein«, brummte ich verärgert.

»Du bist eine Thuadaree!«, erklärte Jondar bestimmt. »Nur wenige unserer Frauen haben die Fähigkeit mit ihren Tränen Wunden zu heilen. Und wenn du bei Thoran eine tödliche Verletzung heilen konntest, bist du eine Heilerin aus einer ganz alten Familie.«

»Ganz bestimmt nicht«, widersprach ich.

»Woher willst du das wissen?«, fragte Jondar.

»Weil ich meine Mutter kenne. Und die war ganz sicher ein Mensch.«

»Vielleicht bist du ja nach der Geburt vertauscht worden oder sie hat dich im Wald gefunden?«, schlug Jondar vor.

»Blödsinn«, schnaubte ich. »Außerdem sehe ich ihr sehr ähnlich.«

»Stimmt«, gab Jondar grübelnd zu. »Du siehst überhaupt nicht aus wie eine unserer Frauen.«

»Wieso?«, fragte ich irritiert.

»Na ja, sie haben lange Haare und sind nicht so….«

Jondar zupfte grinsend an dem viel zu weiten Hosenbund.

»Also, in die Hose einer unserer Frauen würde ich garantiert nicht reinpassen! Die wäre viel zu eng.«

Mir fiel die Kinnlade runter. Gut, ich hatte keine Traummaße, aber ich war nicht *fett*!

Ich war sprachlos und – ich gebe es zu – beleidigt. Wortlos drehte ich mich um, ging ins Haus und schlug wütend die Tür hinter mir zu.

Keine fünf Minuten später klopfte es zaghaft.

»Ja«, schnauzte ich.

Zögernd kam Jondar herein.

»Ich möchte mich bei dir entschuldigen«, sagte er kleinlaut und hielt den Blick gesenkt.

»Ist schon okay«, sagte ich und ging auf ihn zu. »Tut mir leid, dass ich so schnell eingeschnappt war. Morgens bin ich manchmal ziemlich empfindlich.«

Er sah lächelnd auf und ich riss erschrocken die Augen auf.

»Was ist denn mit dir passiert?«, fragte ich.

Sein Kinn war auf einer Seite rot geschwollen und seine Unterlippe aufgeplatzt.

»Och, nix«, grinste er.

»Was ist passiert?«, wiederholte ich drohend.

»Thoran hat mir eine verpasst«, gestand er und grinste immer noch.

Ich rauschte an ihm vorbei nach draußen zu Thoran.

»Sag mal, hast du sie noch alle?«, schimpfte ich. »Warum schlägst du deinen Bruder?«

»Weil er dich beleidigt hat«, erklärte Thoran ruhig.

»Oh, Mann!«, fluchte ich und stampfte wütend mit dem Fuß auf den Boden. »Ich *weiß*, dass ich zu dick bin! Ich höre es nur nicht gern von anderen! Du kannst doch deinen Bruder nicht schlagen, nur weil er die Wahrheit sagt!«

»Du bist perfekt«, erklärte Thoran trotzig. »Ich hab es schließlich gesehen.«

»Ach, und wer haut dir jetzt eine rein, weil du lügst?«, fauchte ich.

»Hexe!«

Thoran kam drohend einen Schritt auf mich zu.

»Deinen bösen Blick kannst du dir sparen!«, schimpfte ich unbeeindruckt weiter. »Du hast nicht das Recht deinen Bruder mit Gewalt dazu zu zwingen, sich bei mir zu entschuldigen!«

»Ich bin dein *Geschenk*«, gab Thoran wütend zurück. »Und ich lasse nicht zu, dass mein Eigentümer zu Unrecht beleidigt wird.«

Hatte er jetzt Eigentümer oder Eigentum gesagt? So wie er mich ansah, war ich mir nicht ganz sicher.

»Jetzt halt mal die Luft an. Ich brauche deine Einmischung nicht und kann ganz gut auf mich selbst aufpassen!«

»Du hattest nie einen richtigen Mann an deiner Seite, oder?«, fragte Thoran provozierend.

»Das geht dich überhaupt nichts an!«, giftete ich.

Verflixt, fanden die Brüder denn heute Morgen jeden wunden Punkt?

Plötzlich riss Thoran mich in seine Arme, drückte mich an sich und sah mir herausfordernd in die Augen.

»Du brauchst mal wieder einen Mann«, sagte er und der Bass seiner Stimme vibrierte durch meinen Körper. »Du warst schon zu lange ohne.«

»Ich habe zwei geschickte Hände und brauche keinen Mann dazu«, zischte ich sauer.

Thoran lächelte überheblich und senkte den Kopf.

»Ich bin aber viel geschickter«, flüsterte er in mein Ohr. »Und außerdem habe ich mehr als meine Hände«, fügte er hinzu und leckte aufreizend mit der Zunge über meinen Hals.

Verdammt, er versuchte schon wieder, mich rumzukriegen. Bisher hatte ich mich tapfer gegen seine Verführungskunst zur Wehr gesetzt, aber ich war schließlich keine Heilige. Sollte uns nicht bald eine willige Thuadaree über den Weg laufen, mit der er sich vergnügen konnte, sanken meine Chancen ihm zu widerstehen gegen Null. Sein Äußeres schrie förmlich nach guten Genen und je länger ich mit ihm zusammen war, desto lauter sagte eine Stimme in mir *Wieso eigentlich nicht.* Wenn ich jetzt nicht irgendetwas unternahm, würde ich mir in der nächsten Sekunde die Klamotten vom Leib reißen, *Nimm mich* brüllen und Jondar könnte uns vom Haus aus dabei zusehen.

Kurzentschlossen rammte ich Thoran mein Knie zwischen die Beine.

Er stöhnte schmerzhaft auf und ließ mich los. Nach vorne gekrümmt presste er beide Hände in den Schritt. Dann hörte ich ein bösartiges Knurren tief in seiner Kehle. Als er, immer noch in gebückter Haltung, zu mir aufsah, lief es mir kalt den Rücken runter.

»Ich… ich wollte nicht so feste treten«, stotterte ich und trat ängstlich einen Schritt zurück.

»Hexe!«, knirschte Thoran mit zusammengebissenen Zähnen.

Seine Nasenflügel blähten sich und er zog wütend die Augenbrauen zusammen. Als er sich langsam wieder aufrichtete und seine Fäuste ballte, bekam ich Panik. Ich drehte mich um und rannte so schnell ich konnte zu seiner Wehrmauer. Wie ich es bei Thoran gesehen hatte, presste ich meine Hände und meine Stirn gegen die Steine.

»Bitte, lass mich raus«, flehte ich und sah über die Schulter, wie Thoran seine Nackenwirbel knacken ließ.

Die Steine brachen auf und ich lief durch den Spalt in den Wald. Ich rannte, als wäre der Leibhaftige hinter mir her. Äste schlugen mir ins Gesicht, zerrten an meiner Kleidung, doch ich lief einfach weiter. Plötzlich fiel ich. Einen Augenblick lang dachte ich, ich wäre über irgendetwas gestolpert, dann sah ich direkt in Thorans Augen. Er hatte mich von hinten angesprungen und sich blitzschnell gedreht, so dass ich weich auf ihn gefallen war. Dann rollte er uns herum, lag jetzt auf mir und lächelte auf so diabolische Art, dass mir der Angstschweiß ausbrach.

»Ich bin nicht nur geschickter als du, ich bin auch schneller«, knurrte er drohend.

Ich atmete flach und kniff die Augen zu, einfach um sein wütendes Gesicht nicht mehr sehen zu müssen.

»Ich wollte das nicht«, flüsterte ich entschuldigend.

»Was wolltest du nicht?«, fragte Thoran und seine Stimme hatte einen eiskalten Unterton. »Meine Eier fast zerschmettern oder mein Wehr überwinden?«

Ich schluckte und blinzelte vorsichtig.

»Du hast gesagt, ich könnte es probieren, wenn ich dich besuchen würde, oder?«, fragte ich kleinlaut.

Thoran schnaubte unwillig.

»Weißt du, Hexe«, begann er in gefährlich neutralem Ton und zupfte mir dabei Blätter aus den Haaren. »Ich bin der Sohn des Herrschers aus dem Süden.«

Er machte eine Pause, ich sagte nichts.

»Thuadaree aus Herrscherfamilien haben viel mehr Magie als andere. Sie können sie nach ihrem Willen formen und unglaubliche Dinge mit ihr anstellen. *Und* wir sind eine sehr, sehr alte Herrscherfamilie.«

Er sah mich forschend an.

»Ich kenne keinen«, fuhr er fort, »wirklich keinen anderen Thuadaree, der in der Lage wäre, meinem Wehr seinen Willen aufzuzwingen.«

Er schnipste ein Ästchen weg, das er aus meinem Haar gezogen hatte, dann schaute er mit zusammen gebissenen Zähnen auf mich herab. Seine Kiefermuskeln zuckten, als hätte er Mühe sich zu beherrschen.

»Und du hast es mit nur vier Worten geöffnet«, presste er schließlich drohend hervor.

Ich schluckte.

»Thoran, du machst mir Angst«, flüsterte ich.

»Gut!«, entgegnete Thoran zufrieden. »Denn du solltest Angst vor mir haben, Hexe! Ich bin stärker, schneller und gefährlicher als du. Vergiss nie, wen du vor dir hast.«

Er sah mich überheblich auf mich herab.

»Möchtest du einen Rat von mir?«, fragte er lauernd.

Ich nickte und sah ängstlich zu ihm auf.

»Du solltest deinen Instinkten folgen, statt mich immer wieder zu provozieren und dann einen Rückzieher zu machen.«

Ich starrte ihn mit großen Augen an.

»Du hast keine Ahnung, wo das enden kann, oder?«, fragte er ernst.

Ich schüttelte wortlos den Kopf. Ich wusste ja nicht einmal, was er meinte.

»Ich sehe das Verlangen in deinen Augen, jedes Mal wenn dein Blick mich streift«, erklärte Thoran grimmig. »Wenn wir uns berühren, tobt deine Magie in dir wie ein wildes Tier im Käfig und schreit nach dem, was ich ihr geben kann. Im Schlaf greifst du nach mir und zwar jede verdammte Nacht. Und sobald du wach bist, verweigerst du dich mir wieder und wieder.«

Ich schluckte. Schmetterlinge waren es jedenfalls nicht, die ich in mir spürte, jetzt wo seine Stimme ruhiger wurde und er, wie vor ein paar Tagen im Auto, auf mir lag.

Thoran schloss gequält die Augen.

»Siehst du, es geht schon wieder los«, stöhnte er.

»Ich mach das nicht mit Absicht«, verteidigte ich mich eingeschüchtert.

»Das ändert nichts«, widersprach Thoran und wischte mir mit dem Daumen Dreck von der Wange. »Tief in deinem Inneren willst du mich und ich weiß ehrlich nicht, wie lange ich mich noch beherrschen kann.«

Mit den Füßen schob er meine Beine auseinander und drängte provozierend seinen Unterleib gegen meinen.

»Komm schon, kleine Hexe«, knurrte er verführerisch und rieb sich an mir. »Lass mich rein, sonst läufst du noch Gefahr, dass ich mehr will.«

»Mehr?«, keuchte ich, gefangen zwischen Verlangen und Verwirrung, denn er sah nicht so aus, als spräche er von heiraten, Kinder kriegen oder zusammen alt werden.

Er senkte den Kopf.

»Dann will ich alles«, flüsterte er in mein Ohr. »Deinen Körper, dein Herz und deinen Namen!«

Bei jedem Wort stieß er hart gegen mich. Sein heißer Atem strich über meinen Hals und wohlige Schauer liefen durch meinen Körper. Trotz der Worte, die er gesagt hatte, zog sich alles in mir vor Lust zusammen. Ich wollte ihn wirklich. Vielleicht würde ich es später bereuen, aber jetzt, in diesem Moment, war mir das sowas von egal. Mein Widerstand brach zusammen und gleichzeitig steigerte sich mein Verlangen nach ihm ins Unermessliche. Ich vergrub meine Hände in seinen langen Haaren, zog seinen Kopf zu mir herunter und leckte aufreizend über seine Lippen. Thoran öffnete überrascht den Mund, als wollte er etwas sagen, aber ich küsste ihn und er brachte nur noch ein lustvolles Stöhnen zustande.

Unsere Zungen berührten sich, umschlungen sich und kämpften leidenschaftlich miteinander. Seine Hand glitt fahrig unter mein Shirt. Als ich sie heiß auf meiner nackten Haut fühlte, schlang ich meine Beine um seine Hüften und drückte mich gegen ihn. Thoran stieß sein Becken gegen meine Mitte und ich verfluchte, dass wir noch angezogen waren.

Plötzlich hob er abrupt den Kopf und im nächsten Moment legte sich seine Hand auf meinen Mund. Erschrocken riss ich die Augen auf. Thorans Miene wechselte zwischen Anspannung und Frustration. Er lauschte, während er mich gleichzeitig warnend ansah. Dann hörte auch ich leise Stimmen und knackende Äste.

Ich nickte Thoran kurz zu und er ließ meinen Mund wieder frei. Stattdessen legte er sich flach auf mich.

»Fünf Thuadaree vom Ostvolk auf dem Weg zu meiner Festung«, flüsterte er mir ins Ohr.

»Hast du das Wehr hinter dir geschlossen?«, wisperte ich.

Thoran gab einen frustrierten Laut von sich und sein Kopf sackte auf meine Schulter.

Kapitel 12

Die Stimmen der Thuadaree kamen näher und wir erstarrten. Keine zehn Meter entfernt gingen die Männer an uns vorbei. Ich beglückwünschte mich, dass ich Thoran schwarze Sachen gekauft hatte und keine pinkfarbenen, wie ich es einen kurzen Moment lang erwogen hatte.

Eine gefühlte Ewigkeit später rollte Thoran von mir herunter.

»Verdammt«, fluchte er, stand auf und reichte mir die Hand, um mir aufzuhelfen.

»Hör zu«, sagte er eindringlich und zog mich hoch. »Du *musst* Thuadareeblut in dir haben. Seit wir zusammen sind, hat sich deine Magie verstärkt und auch dein Körper ist kräftiger geworden.«

Ich starrte ihn verwirrt an.

»Thuadaree verstärken ihre Kräfte, wenn sie so wie wir eng zusammen sind. Sag jetzt nicht, du hast das noch nicht gemerkt.«

Ich schüttelte benommen den Kopf.

»Sie laufen direkt auf meine Festung zu. Wir werden es nicht schaffen, vor ihnen dort zu sein«, erklärte er und strich sich nervös die Haare aus dem Gesicht. »Wenn du mir Zugang zu deiner Magie gewährst, kann ich das Wehr von hier aus schließen. Das ist die einzige Möglichkeit, um Jondar zu schützen.«

Ich nickte wieder, diesmal entschlossen.

»Was muss ich tun?«

»Vertrau mir«, bat Thoran und sah mir fest in die Augen.

»Okay.«

»Einfach nur okay?«

Thoran legte den Kopf schräg.

»Du vertraust mir, obwohl ich eben noch gedroht habe, dir deinen Namen und dein Herz abzuringen?«

Ich verdrehte die Augen.

»Können wir das nicht ausdiskutieren, wenn Jondar in Sicherheit ist?«

»Du bist die merkwürdigste Frau, die ich je getroffen habe«, murmelte er kopfschüttelnd, legte seine Hände an meinen Kopf und lehnte seine Stirn gegen meine.

»Entspann dich«, bat er mit ruhiger Stimme.

Ich schloss die Augen und versuchte einfach nur daran zu denken, dass wir Jondar beschützen mussten. Dann spürte ich ein sanftes Ziehen an meinem Geist. Ich entspannte mich, so gut es ging, und ließ es zu. Es fühlte sich an, als würde mein ganzer Körper ausatmen. Es war merkwürdig, sonderbar, aber nicht unangenehm. Kurz bevor ich glaubte, tief einatmen zu müssen, ließ Thoran von mir ab.

Ich blickte zu ihm auf und traute meinen Augen nicht. Seine langen Haare standen wie elektrisiert vom Kopf ab. Seine Iris war nicht mehr dunkel, sondern weiß wie der Rest seiner Augen. Sie strahlten wie Schnee in der Sonne.

Thoran breitete die Arme aus und rief nur ein Wort: »Trygghet.«

Seine Stimme klang noch tiefer und voller als sonst, sie war mehr ein Dröhnen, als ein Sprechen. Dann sank er ermattet auf die Knie, seine Haare fielen wieder herunter und er hielt den Kopf gesenkt.

»Thoran, ist alles in Ordnung?«, fragte ich besorgt.

»Ja, geht schon wieder«, antwortete er rau und stand auf.

»Sind deine Augen okay?«

»Klar, wieso?«

»Sie sahen gerade ganz komisch aus, komplett weiß und leuchtend.«

Thoran zog abschätzend eine Augenbraue hoch.

»Also so wie deine, wenn du in Trance bist?«

»Echt? Das wusste ich nicht«, entgegnete ich.

»Und dir geht es gut?«, fragte Thoran jetzt lauernd.

»Ja, warum?«, antwortete ich verwirrt.

»Weil ich dir gerade fast deine ganze gespeicherte Magie entzogen habe. Und du stehst vor mir, als wäre nichts passiert.«

Er schüttelte den Kopf.

»Egal, wir klären das später. Lass uns zu meiner

Festung gehen und nachsehen, was da vor sich geht.«

Er nahm meine Hand und zog mich hinter sich her.

Nach ein paar Metern blieb er stehen und drehte sich noch einmal zu mir herum.

Mit der einen Hand hob er mein Kinn an und sah mir tief in die Augen.

»Aber eins ist dir klar. Wenn wir das nächste Mal allein sind, machen wir da weiter, wo wir gerade unterbrochen wurden.«

Ich nickte benommen und stolperte weiter hinter ihm her. Ich hatte weißglühende Augen? Ich konnte Magie in mir speichern? Was zum Henker war ich? Thoran hatte mich gerade in eine fette Identitätskrise gestürzt.

Je näher wir Thorans Festung kamen, desto vorsichtiger wurden wir. Endlich konnten wir hinter Bäumen und Büschen versteckt von weitem einen Blick auf Thorans Versteck werfen.

Ich sah drei der fremden Thuadaree. Einen direkt vor der Festung, zwei rechts und links von ihm im Abstand vor der Mauer stehen. Sie hatten die Arme waagerecht vom Körper gestreckt und ein blaues Leuchten verband sie an den Fingerspitzen.

»Sie versuchen, mit einem magischen Ring mein Wehr zu überwinden«, zischte Thoran wütend.

»Wie geht es Jondar?«, fragte ich leise.

»Ich weiß es nicht. Ich fühle nur, dass er in der Festung ist.«

Ich schloss die Augen und konzentrierte mich auf Thorans Bruder. Aschgrau mit kleinen Nuancen in Rosa und Rot sah ich seine Aura.

»Er hat Todesangst«, wisperte ich besorgt.

»Du konntest nur seine äußeren Verletzungen heilen, nicht die Wunden seiner Seele«, knirschte Thoran.

»Können wir nicht irgendetwas tun?«, fragte ich hilflos.

Thoran starrte noch einen Moment auf die Thuadaree, dann nahm er meine Hand und zog mich etwas tiefer in den Wald.

»Kannst du die Magie aus ihrem Kreis ziehen?«, fragte er leise.

»Das weiß ich nicht. Ich wusste ja nicht einmal, dass ich welche speichern kann!«

Er legte mir die Hände auf die Schultern und sah mir fest in die Augen.

»Solange die Thuadaree miteinander verbunden sind, habe ich keine Chance gegen sie. Du ziehst die Magie aus dem Ring und gibst sie an mich weiter. Den Rest erledige ich.«

»Wie soll ich das denn machen?«

»Du kannst das. Tief in dir drin weißt du, was du tun musst«, beruhigte mich Thoran mit fester Stimme und drückte mich an sich. »Glaub mir, Hexe«, murmelte er in mein Haar, »und vertrau mir.«

Ich schlang meine Arme um seine Taille und hielt mich an ihm fest. Ein paar Mal atmete ich tief durch, dann sah ich zu ihm auf.

»Wenn du es sagst, dann schaffe ich das«, erklärte ich selbstsicher und ließ ihn los.

»Das ist meine Hexe«, grinste Thoran, nahm mich wieder an die Hand und wir schlichen so nah wie möglich an die Thuadaree heran.

»Konzentrier dich auf den magischen Ring. Sieh nicht auf die Männer oder die Festung, nur auf dieses pulsierende blaue Band«, befahl er und stellte sich hinter mich.

Er legte seine Hände wieder auf meinen Kopf und lehnte die Stirn an. Ich spürte wieder dieses Ausatmen meines Körpers. Diesmal wartete ich nicht, bis mir fast die Luft wegblieb. Ich atmete in ruhigen Zügen die Magie aus dem Band ein und gab sie beim Ausatmen an Thoran weiter.

Der Ring, den die Thuadaree geschlossen hatte, verblasste mehr und mehr. Als nur noch ein paar kleine verirrte Funken zwischen ihren Fingern hin und her schossen, ließ Thoran mich los.

»Bleib in Deckung«, befahl er und hatte wieder diese tiefe fremde Stimme.

Die drei Thuadaree, die wir von hier aus sehen konnten, blickten verwirrt um sich. Dann pflügte Thoran mit unglaublicher Geschwindigkeit auf sie zu. Seine Energie knisterte förmlich, die Spitzen seiner langen Haare standen ab und an den Enden pulsierten blaue Funken. Erschrocken drehte sich einer der Männer um, doch noch bevor er eine Kampfposition einnehmen konnte, streckte ihn Thorans Faust nieder.

Die beiden rechts und links von ihm eilten ihrem Mann zu Hilfe. Der Kampf, den sich die Männer lieferten, hatte nichts Ästhetisches. Sie brüllten, schlugen und traten aufeinander ein. Von meinem Versteck aus konnte ich sogar hören, wie das Nasenbein des einen unter einem mächtigen Hieb brach. Blut färbte sein helles Oberteil rot. Mittlerweile war auch einer der beiden Thuadaree, die hinter der Festung gestanden hatten, herbeigeeilt. Ich sah mich suchend nach dem Fünften um und entdeckte ihn etwas abseits an der Festungsmauer.

Ich reckte den Hals, um erkennen zu können, was er da tat. Er stand ganz ruhig da, nur seine Augen glühten so weiß, wie Thorans vorhin. Plötzlich streckte er seinen rechten Arm aus und zeigte mit den Fingern in Thorans Richtung. Magie wogte um ihn herum wie ein Strudel, wickelte sich um seinen Arm, seine Hand und im selben Moment begriff ich, was er vorhatte. Thuadaree konnten mit ihrer Magie Explosionen erzeugen, die ganze Häuser in die Luft sprengen konnten. Und dieser hier bündelte seine Magie gegen Thoran. Ich dachte nicht lange nach, sondern konzentrierte mich instinktiv auf die Fingerspitzen des Mannes.

»Avliva«, brüllte der Mann, die Magie schoss aus ihm heraus und ich holte tief Luft.

Der Mann brach zusammen, der Rest seines Magiestoßes fiel wie Silberstaub zu Boden. Die zwei Thuadaree, die noch kampffähig waren, hatten bei dem Ausruf von Thoran abgelassen. Der schien gar nicht gemerkt zu haben, in welcher Gefahr er schwebte und nutzte den Moment, um auch seine letzten Gegner kampfunfähig zu schlagen.

Während ich zusah, wie Thoran seine Gegner mit ihren eigenen Gürteln fesselte, fühlte ich mich wie aufgedreht. Ich konnte kaum atmen, so sehr pulsierte das Adrenalin durch meinen Körper und am liebsten hätte ich irgendetwas kurz und klein geschlagen. Als alle Thuadaree verpackt waren, sah Thoran siegesbewusst zu mir herüber. Im nächsten Moment versteinerte seine Miene.

»Hexe, vertraust du mir?«, fragte er angespannt.

Ich nickte. Ich traute mich nicht zu sprechen, wahrscheinlich hätte ich nur unverständliche Laute gebrüllt, so überdreht war ich.

»Dann komm her zu mir und leg deine Hände auf mein Wehr«, befahl Thoran in ruhigem Ton.

Wie hypnotisiert schritt ich langsam auf seine Festung zu und legte meine Hände an die Mauer. Kaum hatte ich die Steine berührt, konnte ich ausatmen. Meine Anspannung verschwand, ich wurde ruhiger. Als der Druck verschwunden war, sah ich ängstlich zu Thoran.

»Was ist mit mir passiert? Ich hatte das Gefühl, ich würde jeden Moment platzen!«

Wortlos nahm Thoran meine Hand, zog mich an sich und hielt mich fest in seinen starken Armen.

»Ich hätte dich fast verloren, kleine Hexe«, murmelte er in mein Haar und drückte mich zärtlich.

»Wieso verloren?«

Er ließ mich los, trat einen Schritt zurück und hielt meine Hände.

»Was hast du getan?«, fragte er forschend.

»Einer von ihnen wollte Magie auf dich abfeuern und als ich geschnallt habe, was er macht, habe ich sie aufgesogen. So wie mit dem magischen Ring.«

»Du hast mir schon wieder das Leben gerettet«, stellte Thoran ernst fest.

»Och, nö!«, maulte ich. »Muss ich mir jetzt wieder dein Geheimnis ansehen?«

Thoran grinste.

»Ich habe gerade auch *dein* Leben gerettet. Du hattest dich völlig mit Magie überladen. Hättest du sie noch länger in dir gehalten, hätte dich das umgebracht!«

»Danke«, entgegnete ich erschrocken.

»Keine Ursache«, antwortete Thoran. »Schade nur, dass du mir jetzt nichts schuldig bist. Ich hätte dein Geheimnis zu gerne gesehen.«

Er zwinkerte mir zu, ließ mich los und legte die Hände an sein Wehr.

»Jondar, es ist alles in Ordnung!«, rief er laut, als sich die Steinmauer öffnete.

»Kannst du nach ihm sehen?«, bat er mich. »Ich werde mich um meine Feinde kümmern.«

Ich nickte stumm und trat vorsichtig ins Haus. Jondar stand kreidebleich mit den Rücken an die Wand gepresst und hielt ein langes Küchenmesser in der Hand.

»Es ist vorbei«, redete ich ihm beruhigend zu.

»Thoran hat sie besiegt.«

Jondar sah mich eine Ewigkeit an, dann ließ er endlich das Messer fallen und die Klinge bohrte sich in den Holzboden. Der junge Mann zitterte einmal kurz, sah mir dann fest in die Augen und lächelte.

»Ich habe keinen Moment an euch gezweifelt«, erklärte er überzeugt. »Thoran ist stark und mit einer so mächtigen Thuadaree an seiner Seite konnte gar nichts schief gehen!«

Es dauerte einen Moment, bis ich begriff, dass er mich damit meinte. Gerade wollte ich zu einem Dementi ansetzen, als ich draußen einen markerschütternden Schrei hörte. Ich eilte zum Fenster und als ich hinaussah, stockte mir der Atem.

Die Thuadaree aus dem Osten standen wie festgeklebt an der Wehrmauer. Ihre Körper waren von Schnitten übersät und gerade war Thoran dabei, einem von ihnen mit seinem Messer ein Stück Haut vom Arm zu schneiden.

Ich keuchte entsetzt auf, rannte nach draußen und schrie: »Thoran, hör sofort …«

»Still, Hexe!«, brüllte Thoran und wirbelte wutentbrannt zu mir herum.

Mit großen Schritten kam er auf mich zu und zog mich mit sich ins Haus.

»Wage es nicht, mir jetzt zu befehlen aufzuhören!«, knirschte er drohend und stieß mit dem Zeigefinger gegen meine Brust.

»Was bist du nur für ein Ungeheuer!«, schimpfte ich. »Erst schändest du Leichen und jetzt folterst du

Gefangene! Das ist unmenschlich!«

»Du hast Recht«, erklärte er plötzlich gelassen, doch mit diesem Blick, den ich fast schon vergessen hatte. »Es ist unmenschlich. Aber ich bin kein Mensch. Diese Männer haben vielleicht meinen Bruder gefoltert, sie haben gerade versucht, mich umzubringen. Ich dagegen habe ihr Leben verschont. Willst du mir wirklich verbieten, aus ihnen Informationen zu erpressen, die unser aller Leben retten kann?«

Ich starrte ihn wortlos an.

»Sie haben Gwendas Leiche vor zwei Tagen an der Grenze zwischen unseren Gebieten gefunden und du möchtest nicht wissen, in welchem Zustand. Angeblich wussten sie von meinem Versteck und hofften, mich hier zu finden. Mehr habe ich bisher nicht aus ihnen herausbekommen.«

Ich schluckte.

»Freiwillig hätten sie nichts davon preisgegeben«, fuhr er fort. »Und jetzt muss ich wissen, ob sie schon ihre Armee rüsten, um gegen mein Volk in den Krieg zu ziehen!«

Mittlerweile sah er mich fast flehend an, voller Sorge um sein Volk und seine Familie. Ich konnte ihn verstehen, wirklich, aber ich konnte auch die anderen Thuadaree verstehen. Ihre kleine Prinzessin war ermordet worden und natürlich gaben sie Thoran die Schuld. Er war schließlich zeitgleich mit ihr verschwunden.

»Hast du es ihnen gesagt?«, fragte ich.

»Was gesagt?«

»Dass Gwenda dich verraten hat und du mein Geschenk bist?«

Verständnislos sah er mich an.

»Hast du etwas dagegen, wenn ich mal mit ihnen rede?«

Immer noch keine Reaktion von Thoran.

»Oder ist es für dich gefährlich, wenn sie diese Informationen bekommen?«, hakte ich unsicher nach.

Thoran sah mich so lange wortlos an, dass ich schon dachte, er hätte mich gar nicht gehört. Doch dann holte er tief Luft und nickte.

»Versuch es«, sagte er trotzig und trat zur Seite. »Aber wenn du keinen Erfolg hast, versprich mir, dich nicht mehr einzumischen. Das hier ist eine Thuadareeangelegenheit, Hexe!«

»Okay, versprochen«, antwortete ich und ging vor die Tür.

Die Gefangenen sahen mich finster an. Dieser *böse Blick*, den ich von Thoran so gut kannte, war wohl allen Thuadaree angeboren. Unbeirrt ging ich zu demjenigen, den Thoran zuletzt mit dem Messer bearbeitet und dessen Schrei ich gehört hatte. Ich stellte mich vor ihn und sah ihn lange an. Er verzog keine Miene. Mit dem Finger rieb ich mein Auge, bis es tränte. Vorsichtig strich ich damit über seine Verletzung. In Erwartung weiterer Folter hatte er die Zähne fest zusammengebissen und verfolgte nun staunend, wie sich seine Wunde langsam schloss.

»Danke«, murmelte er leise.

Ich schwieg, während er mich teils neugierig, teils abschätzend musterte.

»Du siehst nicht aus wie eine Thuadaree«, stellte er fest.

Ich schloss kurz die Augen und schwieg. Dieses Thema hatten wir heute schon.

»Bist du Thorans neue Frau?«, fragte er verunsichert.

»Ich bin eine Hexe und er ist mein Geschenk.«

Die Augen des Thuadaree weiteten sich.

»Du lügst«, keuchte er entsetzt.

Ich schüttelte den Kopf.

»Glaubst du, er hätte von dir abgelassen, nur weil ich es mir wünsche?«

Er starrte mich eine Weile an und dachte angestrengt nach.

»Wer hat es gewagt, den Sohn eines Herrschers einer Hexe zu schenken?«

»Das versuchen wir herauszufinden.«

»Wer auch immer es war«, sagte der Thuadaree grimmig. »Es ist die gerechte Strafe dafür, dass Thoran unsere Prinzessin ermordet hat.«

»Er hat sie nicht getötet«, widersprach ich. »Er ist mein Geschenk, weil er damit ihr Leben retten wollte. Für sie hat er den Bluteid geleistet.«

Der Mann sah mich an, als hätte ich plötzlich zwei Köpfe.

»Sagst du die Wahrheit?«, fragte er verunsichert.

»Ich schwöre bei meinem Leben«, erklärte ich

feierlich und legte eine Hand auf mein Herz.

»Dann haben wir uns also geirrt«, flüsterte der Mann. »Er hat Gwenda doch geliebt.«

Jetzt war es an mir zu schlucken.

»Warum sollte er sie nicht geliebt haben«, fragte ich, obwohl ich es besser wusste. »Er hat sie schließlich geheiratet.«

Der Thuadaree seufzte.

»Seit Jahrhunderten sind unsere Völker verfeindet. Wir dachten, ein Thuadaree aus dem Süden würde eher sterben, als eine von uns zur Frau zu nehmen. Als Gwenda Thoran bei einem seiner diplomatischen Besuche an unserem Hof gesehen hat, war sie fasziniert von ihm. Unser Herrscher hatte ihr noch keinen Gefährten zugewiesen. Niemand war ihm gut genug für seine Tochter. Und jetzt wollte sie Thoran. Wir alle haben sie gewarnt, dass er sie nur benutzt. Hinter seiner Zustimmung zu der Verbindung standen nur politische Intrigen und der Wunsch, unser Volk zu bezwingen. Das dachten wir zumindest.«

Er schwieg betreten und senkte den Blick.

»Irgendjemand muss sie schließlich doch davon überzeugt haben«, sagte ich vorsichtig. »Sonst hätte sie Thoran niemals verraten.«

Der Thuadaree blickte ruckartig auf.

»Gwenda hat Thoran betäubt. Nur so ist es seinen Entführern gelungen, ihn zu fangen. Dann haben sie eure Prinzessin als Druckmittel benutzt, um von Thoran den Bluteid zu erpressen. Trotzdem wurde sie von ihnen danach ermordet.«

»Und ich hätte den Prinzen des Südens fast umgebracht«, stöhnte er.

Richtig, dachte ich. Denn er war der mit der Blitzattacke gewesen. Kein Wunder, dass Thoran sich diesen Thuadaree für seine spezielle Befragung ausgesucht hatte.

»Werdet ihr uns helfen, die Schuldigen zu finden?«, fragte ich.

»Du hast mich davor bewahrt, einen schweren Fehler zu begehen«, erklärte der Mann und nickte.

Ich ging zurück zum Haus, um Thoran zu holen.

Als ich durch die Tür trat, stand Thoran am Fenster und starrte hasserfüllt auf die Thuadaree, die an seinem Wehr hingen. Jeder Muskel in seinem Körper war angespannt und knirschte mit den Zähnen.

»Warum hast du seine Wunde geheilt«, knurrte er wütend. »Du verschwendest deine Gabe an den Feind.«

»Dein Feind, nicht meiner«, erklärte ich ruhig.

Ruckartig drehte er den Kopf in meine Richtung. Todesblick. Da war wohl mal wieder eine Seele aus dem Gleichgewicht.

»Sie haben geglaubt, du hättest ihre Prinzessin ermordet. Deswegen haben sie nichts gesagt«, erklärte ich, denn Thoran sah aus, als würde er jeden Moment explodieren.

»Ich?« Thoran ballte seine Hände zu Fäusten und wurde jetzt erst richtig wütend. »Ich habe einen

Bluteid für dieses Weib geschworen. Um ihr Leben zu retten, habe ich mich in die Hände einer Hexe geben lassen.«

Seine tiefe Stimme dröhnte durch das kleine Haus und Jondar hatte sich vorsorglich in die hinterste Ecke verkrümelt. Das hätte ich jetzt auch liebend gern getan, aber einer musste ihm wohl die Stirn bieten.

»Thoran…«

Ich versuchte, ihn zu besänftigen, doch er brüllte einfach weiter.

»Sie hätten fast meinen Bruder umgebracht und sie haben versucht, mich…«

»Sei still!«, schrie ich und augenblicklich verstummte er.

Dafür jedoch zuckten helle Blitze in seiner Iris und er fletschte die Zähne, wie ein gereizter Wolf.

»Sie dachten, du hättest ihre Prinzessin getötet«, wiederholte ich eindringlich. »Was hättest du denn an ihrer Stelle getan? Außerdem ist überhaupt nicht bewiesen, dass sie Jondar das angetan haben. Wieso sollten sie Jondar quälen, ohne Informationen aus ihm herauszupressen? Du musst zugeben, dass das überhaupt keinen Sinn ergibt!«

Thoran sagte nichts. Stattdessen pulsierte eine Ader an seiner Schläfe und die Sehnen an seinem Hals traten hervor.

»Hexe, du solltest ihm wieder erlauben zu sprechen, sonst platzt er oder er stirbt, weil er deine Anweisung nicht befolgt«, empfahl Jondar kleinlaut.

Oh Gott, ich hatte Thoran befohlen, still zu sein.

»Ich nehme den Befehl zurück«, sagte ich schnell und im nächsten Moment brüllte Thoran seine Wut heraus.

Es fühlte sich an, als würde die Erde beben. Ich stand stocksteif da und gab keinen Mucks von mir. Thoran atmete schwer und versuchte sich zu beruhigen.

»Geht's wieder?«, fragte ich vorsichtig.

Er keuchte immer noch, als wäre er gerade einen Marathon gelaufen. Seine Nasenflügel bebten und er schenkte mir seinen Todesblick.

»Thoran, es tut mir leid«, entschuldigte ich mich. »Aber die Männer wollen uns helfen und sind bereit mit dir zu reden. Du solltest deine Wut unter Kontrolle bringen und dich in Ruhe mit ihnen unterhalten.«

Ganz langsam verschwanden die Blitze aus seinen Augen. Er bewegte ein paar Mal den Kopf hin und her, um seine verspannten Muskeln zu lockern.

»Gut«, sagte er schließlich. »Dann rede ich mit ihnen.«

Ohne ein weiteres Wort ließ er mich einfach stehen und ging nach draußen.

»Danke, Hexe«, hörte ich plötzlich Jondars Stimme und er legte eine Hand auf meine Schulter.

Ich sah ihn verwirrt an.

»Wofür?«

»Thuadaree aus Herrscherfamilien werden niemals

an Hexen verschenkt«, erklärte er. »Ihr Stolz und ihre Dominanz sind einfach zu stark ausgeprägt. Es wäre für diese Thuadaree ein langsamer, qualvoller Tod. Sie versuchen, sich gegen ihre Natur zu verhalten, damit sie lange genug am Leben bleiben, um sich zu rächen. Du hast gesehen, wie schwer es Thoran gerade gefallen ist, deinem einfachen Befehl zu gehorchen. Glaub mir, noch eine Minute länger und mein Bruder wäre gestorben. Nicht im Kampf oder in der Ausübung seiner Pflicht, sondern jämmerlich und erniedrigt, weil er sich nicht dem Befehl einer Hexe unterwerfen konnte. Wer auch immer ihm das angetan hat, er wollte seinen Tod.«

Ich schluckte. Man hatte Thoran also nicht nur demütigen wollen.

»Ich bin sehr froh, dass er dir gehört«, fuhr Jondar fort. »Und jetzt solltest du ihm folgen und bei dem Verhör dabei sein. Die Thuadaree aus dem Osten scheinen dir zu trauen, doch Thoran ist immer noch ihr Feind.«

Gwenda, so erzählten die gefangenen Thuadaree, sei vor zwei Wochen mit Thoran zu einer Reise in die Nordregionen aufgebrochen. Es war üblich, dass frisch vermählte Paare gemeinsam ein paar Wochen im neutralen Nord-Westen verbrachten. Jeden Abend sollte sich die Prinzessin bei ihrem Vater melden. Er hatte zwar der Verbindung mit Thoran auf Drängen seiner Tochter hin zugestimmt, geheuer war ihm das jedoch nicht. Die letzte Meldung hatten sie vor einer

Woche erhalten. Da hatten die beiden Rast am Dümmer See gemacht. Das war auch der Abend, an dem Thoran nach dem Abendessen ohnmächtig zusammengebrochen war. Danach verlor sich die Spur.

Sie hatten sich auf die Suche nach Thoran gemacht. Einige waren in den Nordwesten aufgebrochen, einige an die Grenze im Süden und diese hier waren auf dem Weg zu Thorans Versteck. Thoran schluckte bei dieser Information kurz. Er hatte wohl geglaubt, seine Festung hier wäre geheim. Als sie ihre ermordete Prinzessin fanden, hielten sie Thoran für den Schuldigen. Mit dem Angriff auf Jondar, schworen sie bei ihrem Leben, hätten sie nichts zu tun.

»Ich habe es immer bezweifelt, aber du hast unsere Prinzessin geliebt. Du hättest sogar dein Leben für sie gegeben«, flüsterte ihr Anführer entschuldigend.

»Ich bin ein Mann von Ehre«, erklärte Thoran emotionslos. »Ich bin freiwillig die Verbindung mit Gwenda eingegangen. Damit hatte ich nicht nur Rechte, sondern auch Pflichten. Gefühle sind in diesem Fall zweitrangig.«

»Ich kann einfach nicht glauben, dass Gwenda das alles geplant hat«, erklärte ein anderer Thuadaree leise. »Ich war sicher, sie hat dir ihr Herz geschenkt.«

Ich schluckte. Ja, sie hatte ihn geliebt. Aber wenn ihr jemand bewiesen hätte, dass das nicht auf Gegenseitigkeit beruhte, hätte sie das älteste Motiv auf Erden. Das kann eine Seele ganz schön aus dem

Gleichgewicht bringen. Und wenn die Prinzessin nur halb so stolz war wie Thoran, wäre sein Tod nur eine kleine Genugtuung gewesen. Ihn an eine Hexe zu verschenken jedoch, würde sicher die Waage wieder ins Lot bringen.

»Ich muss den Schuldigen finden«, erklärte Thoran.

Der Mann nickte.

»Wir werden uns ebenfalls auf die Suche machen. Ich werde unseren Herrscher unterrichten und niemand von uns wird dir im Weg stehen.«

Thoran lächelte teuflisch.

»Du kannst deine Gefährten schicken. *Du* bleibst bei uns und garantierst damit sicheres Geleit zum Dorf der alten Thuadaree.«

Der Mann starrte ihn erbost an.

»Du traust meinem Wort nicht?«

»Doch«, erklärte Thoran diplomatisch. »Aber wir müssen morgen weiter. Ich kann nicht warten, bis du den Herrscher des Ostens erreicht hast und dein ganzes Volk informiert ist. Deshalb wirst du dich für zwei Tage als Geschenk an diese Hexe binden und uns begleiten, bis wir Zingst erreicht haben.«

Unser Gefangener und ich schnappten erschrocken nach Luft.

»Hat sie dich gezwungen…«

Seine unausgesprochene Frage ließ meine Wangen glühen.

»Nein«, knirschte Thoran. »Und bei dir wird sie das auch nicht tun. Vertrauen gegen Vertrauen.«

»Ich muss das mit meinen Gefährten besprechen.«

Thoran nickte.

»Ihr habt zehn Minuten«, erklärte er, nahm mich an die Hand und zog mich zurück ins Haus.

Wir schlossen die Tür hinter uns und ich sah nachdenklich aus dem Fenster. Die gefangenen Thuadaree klebten noch immer an Thorans Wehr und unterhielten sich leise.

»Du weißt, warum Gwenda dich verraten hat, oder?«, fragte ich Thoran.

»Nein«, gab er ehrlich zu. »Sie wollte mich und sie hat mich bekommen. Ich habe keine Ahnung, warum sie sich gegen mich gewandt hat.«

Ich drehte mich zu ihm herum und sah ihm in die Augen.

»Ich bin ganz sicher, dass sie geglaubt hat, du würdest sie lieben. Irgendjemand muss ihr die Wahrheit gesagt haben. Dass es nur ein politischer Schachzug war und du keine echten Gefühle für sie hast.«

Thoran schnaubte unwillig.

»Eine Verbindung die nur auf Gefühlen beruht, ist für Mitglieder von Herrscherfamilien nicht vorgesehen. Gwenda wusste das.«

»Mag sein«, widersprach ich. »Aber sie hat geglaubt, das mit dir gefunden zu haben. Ihre Gefühle waren echt. Und du musst ein sehr talentierter Schauspieler sein.«

Thoran zog nur fragend eine Augenbraue hoch.

»Du hättest sogar dein Leben für sie gegeben. Wer

auch immer sie überzeugt hat, muss sehr gute Argumente gehabt haben. Gab es etwas, was ihre Zweifel geweckt haben könnte?«

»Sie hat meinen Samen nicht bekommen«, erklärte Thoran nachdenklich.

»Was?«

»Die Reise in den Nordwesten ist für jungvermählte Thuadaree eine gute Gelegenheit, um ein Kind zu zeugen«, erklärte Thoran und ignorierte meinen überraschten Gesichtsausdruck.

»Ihr habt gar nicht miteinander geschlafen?«

»Doch natürlich«, erklärte Thoran gereizt. »Aber Thuadaree können steuern, ob sie sich vermehren wollen oder nicht.«

»Ach.«

»Gwenda hat das natürlich gemerkt und mich wieder und wieder gedrängt. Aber ich habe nicht nachgegeben.«

Er hob den Kopf und sah mir direkt in die Augen.

»Ich entscheide, was ich mit meinem Leben mache. Aber ich maße mir nicht an, für meine Kinder zu entscheiden.«

»Du wärst wirklich bis an dein Lebensende mit ihr zusammengeblieben?«, fragte ich ungläubig.

Thoran lächelte bitter.

»Ach, Hexe. Für Mitglieder der Herrscherfamilien gelten andere Regeln. Mein ältester Bruder Jesko hat seine Frau Sabia auch nicht aus Liebe geheiratet. Sie stammt aus reichem Haus und durch die Verbindung haben beide Familien an Einfluss gewonnen. Schon bei der Geburt von Sabia war klar, dass sie einmal Jesko heiraten würde. Macht und politisches Kalkül bestimmen unsere Partner. Ich weiß das und Gwenda wusste das, auch wenn du das nicht verstehst.«

Ehrlich gesagt, wollte ich das auch nicht verstehen.

»Hat dein Bruder denn Kinder?«

Thoran schüttelte den Kopf.

»Sie sind jetzt schon seit sechs Jahren verheiratet und Jesko wünscht sich sehnlichst ein Kind. Aber es stellt sich einfach kein Thronfolger ein.«

»Thronfolger?«

Thoran seufzte.

»Mein Vater würde ohne zu zögern Jesko zu seinem Nachfolger bestimmen. Schließlich ist er der Erstgeborene und als Herrscher mehr als geeignet. Wenn er aber mit Sabia die Linie nicht fortführen kann, dann ist die Zeit der Regentschaft unserer Familie vorbei.«

»Und da du mit Gwenda keine Kinder wolltest, kann er dich auch nicht wählen.«

Langsam verstand ich das Dilemma von Thorans Vater.

»Das wisst nur ihr zwei«, knurrte Thoran und warf Jondar und mir mahnende Blicke zu. »Und ich will nicht, dass das jemand erfährt.«

Jondar nickte ernst und ich verstand gar nichts mehr.

»Thoran!«, rief der Anführer der Thuadaree aus dem Osten und unterbrach damit unser Gespräch.

»Ich bin einverstanden«, erklärte er, als wir zu ihm zurückgingen.

»Dann schwöre den Bluteid«, verlangte Thoran und im selben Moment gab sein Wehr den einen Gefangenen frei.

Thoran reichte ihm sein Messer und der Mann schnitt sich in den Unterarm. Sein Blut tropfte auf die Erde und er sah mir fest in die Augen.

»Ich werde für die Dauer von zwei Tagen dein Geschenk sein.«

Thoran stieß mich mit dem Ellenbogen an.

Verunsichert sah ich zu ihm auf. Thoran hatte ich damals in meine Festung gezogen, um es zu besiegeln. Also reichte ich dem Thuadaree die Hand und ich zog ihn zu mir.

Thoran nickte beifällig.

»Schütze dich«, empfahl er mir leise.

Ich erinnerte mich an unsere erste Begegnung.

»Ich befehle dir mich, Thoran und Jondar nicht umzubringen, nicht zu schlagen und nicht zu verletzen.«

Der Mann nickte ernst.

»Deine Gefährten sollen gehen und dem Herrscher Bericht erstatten«, befahl Thoran.

Der Thuadaree sah mich fragend an.

»Ähm, ja, ich denke, das ist eine gute Idee«, stimmte ich zu.

Wie von Geisterhand lösten sich auch die anderen vom Wehr und schauten auf ihren Anführer.

»Geht und berichtet«, befahl der ihnen.

Das Wehr öffnete sich, ließ die Thuadaree hinaus und schloss sich hinter ihnen wieder.

Mittlerweile versank die Sonne am Horizont und ich fühlte mich völlig ausgelaugt. Vergeblich versuchte ich, ein Gähnen zu unterdrücken.

»Wir brechen morgen früh auf«, entschied Thoran und ich nickte dankbar.

»Ich bin hundemüde«, bemerkte ich und gähnte noch einmal.

»Soll ich hier draußen übernachten oder möchte die Hexe, dass ich ihr Bett teile?«, fragte mein neues *Geschenk* und sein Blick wanderte abschätzend über meinen Körper.

In Thorans Augen zuckten plötzlich Blitze und er knirschte wütend mit den Zähnen.

»Du kannst hier draußen schlafen«, erklärte ich schnell. »Ich bin mit einem Geschenk schon überfordert.«

Kapitel 13

Am nächsten Morgen fuhr ich also mit zwei *Geschenken* auf der Rückbank und Jondar auf dem Beifahrersitz in Richtung Nordosten. Auf unserem Weg durchquerten wir die Ruinen von Güstrow. Es war erschreckend, die Ausmaße des großen Krieges so nah zu sehen. In meiner Heimat waren die meisten Städte dem Erdboden gleichgemacht. Nur Kirchen hatten die Divergenten damals verschont. Doch auch die waren im Laufe der Jahre verfallen. Kleinere Städte und Dörfer waren von den Divergenten besetzt worden. Das enge Zusammenleben, wie in den riesigen Stadtsiedlungen der Menschen, war ihnen ein Gräuel.

Güstrow war, anders als die Städte in meiner Heimat, nicht komplett zerstört. Es war unheimlich, hier durch die Straßen zu fahren. Die Häuser rechts und links flankierten wie mahnende Zeugen der Vergangenheit die Straße. Die meisten Fenster waren zerborsten, doch einige Gebäude schienen noch völlig intakt zu sein. Hinter den blinden Scheiben konnte man zum Teil noch die Gardinen erkennen. Zurückgelassene Autos, verbeult und verrostet, standen am Straßenrand. Ab und zu sah man aufgeplatzte Koffer und Kleiderbündel auf den Bürgersteigen, die sich tapfer gegen die Verrottung zur Wehr setzten. Die Menschen hatten damals fluchtartig ihre Häuser verlassen, um in den Hauptstädten Schutz zu suchen.

Thorans Anweisung nach bog ich links ab. Kurze Zeit später sah ich auf der rechten Seite ein altes Schloss. Einer der Seitentürme war eingebrochen, der andere reckte stolz sein zwiebelförmiges Dach in den Himmel. Es war erstaunlich, wie die Menschen ganz ohne Magie schon vor Jahrhunderten solche Gebäude erschaffen konnten. Und wie vieles wäre uns erhalten geblieben, wenn damals Toleranz und Diplomatie gesiegt hätten. Doch als die Magie erwachte, waren die Menschen in Angst und Panik verfallen. Misstrauen und Vorurteile hatten die Herrschaft übernommen und die Katastrophe nahm ihren Lauf.

Wir verließen Güstrow und fuhren in einem Bogen um die Stadtfestung Rostock herum Richtung Ostsee. Die ganze Zeit über hatten wir schweigend im Wagen gesessen. Der Thuadaree aus dem Osten, sein Name war übrigens Lemiral, sagte kein Wort. Thoran saß stumm neben ihm und Jondar sah einfach nur aus dem Seitenfenster.

»Wie lange bist du an die Hexe gebunden?«, fragte

Lemiral Thoran leise.

»Lebenslang«, knurrte Thoran und sah seinen Sitznachbarn nicht einmal an.

Die Situation in unserem Auto war extrem angespannt und ich war schon geneigt, ein kleines Lied anzustimmen. Oder vielleicht sollten wir Ich-sehe-was-was-du-nicht-siehst spielen?

»Wie habt ihr meine Festung gefunden?«, fragte Thoran grimmig, gerade als ich diesen Vorschlag laut aussprechen wollte.

Im Rückspiegel sah ich Lemiral verschmitzt lächeln.

»Du bist nicht der einzige Spion«, erklärte er.

Thorans Blick schoss wütend zu Lemiral.

»Thoran«, sagte ich mahnend. »Ich möchte nicht, dass sich meine Geschenke prügeln!«

Jondar kicherte, Thoran schenkte mir seinen Todesblick und Lemiral verkniff sich ein Lachen.

»Wir wussten, dass du irgendwo einen Unterschlupf hast«, erklärte er. »Und als in der Gegend Thuadaree aus dem Süden gesehen wurden, haben wir uns auf die Suche gemacht.«

»Thuadaree aus unserem Volk so weit im Osten?«, fragte Thoran zweifelnd.

»Nun ja«, erklärte Lemiral. »Dein Bruder hat überall nach dir gefragt. Das wurde uns natürlich gemeldet. Einen Tag später sind wieder fünf von euch aufgetaucht, die ihm offensichtlich gefolgt waren.«

»Es waren fünf Männer, die mich in ihrer Gewalt hatten«, flüsterte Jondar und blickte starr geradeaus.

»Warum sollten sich unsere eigenen Leute so heimtückisch gegen die Herrscherfamilie auflehnen?«

Lemiral zuckte mit den Schultern.

»Durch List erworbene Macht ist nicht von Dauer«, deklamierte er.

»Wahre Macht erlangt man nur durch Kampf oder Erbe«, legte Thoran nach.

»Wer von Macht spricht, spricht von Gewalt«, zitierte ich von vorne de Balzac.

Der französische Philosoph war zwar schon seit Jahrhunderten tot, aber seine Worte passten immer noch. Fand ich zumindest, die Herren auf der Rückbank jedoch ignorierten meinen Einwurf und fachsimpelten bald über die vergangenen Herrscher beider Völker. Ich konzentrierte mich auf die Straße und stellte das Radio an. Politische Diskussionen hatten mich noch nie interessiert.

»Starkregen und Hagel erwarten wir heute Nacht rund um die Stadtfestung Rostock. Mit einer Überflutung der Mecklenburgischen Seenplatte muss gerechnet werden«, warnte der lokale Wetterbericht.

»Wir sollten uns eine sichere Bleibe suchen!«, unterbrach ich das Gespräch von Thoran und Lemiral.

»Meine Schwester wohnt hier in der Nähe. Bei ihr können wir übernachten«, schlug Lemiral vor.

Ich blickte fragend in den Rückspiegel zu Thoran. Er nickte. Also verließen wir die Landstraße und fuhren ein kurzes Stück Richtung Osten.

Das Haus von Lemirals Schwester war solide und groß. Thoran entschied, dass er und Lemiral sich das eine und Jondar und ich das andere Gästezimmer teilen sollten. Thoran wollte weder Jondar und schon gar nicht mich mit dem Thuadaree aus dem Osten allein lassen. Wir aßen eine Kleinigkeit, dann legten wir uns schlafen.

»Hexe?«, hörte ich Jondar leise neben mir.

»Was ist?«

»Du tust Thoran gut.«

»Wie meinst du das?«, fragte ich verwundert.

»Er ist so ausgeglichen und freundlich. So habe ich ihn selten erlebt.«

»Echt? Ich finde, er ist extrem empfindlich und anstrengend.«

Jondar lachte leise.

»Da hättest du ihn mal früher erleben müssen. Er hat sich nicht umsonst mit Gwenda verheiratet. Er und Jesko hatten ständig Auseinandersetzungen. Die beiden sind sich ziemlich ähnlich. Mit Gwenda in den Osten zu gehen, war eine gute Gelegenheit unserem Volk zu helfen und gleichzeitig den ewigen Diskussionen ein Ende zu setzen.«

»Vermutlich ist Thoran nur etwas umgänglicher, weil er mein Geschenk ist«, zweifelte ich.

Jondar seufzte.

»Egal woran es liegt. Ich bin echt froh, dass ich spüren durfte, wie sehr er mich liebt. Bis ihr mich in der Scheune gefunden habt, dachte ich immer, ich wäre ihm egal.«

»Behalte das in Erinnerung«, empfahl ich ihm. »Ich glaube nicht, dass Thoran häufig so deutlich seine Gefühle preisgibt.«

»Dich mag er auch«, sagte Jondar leise.

»Ja, klar«, schnaufte ich. »Deswegen hat er ja auch Lemirals Schwester so lüstern angestarrt.«

Jondar kicherte.

»Er hat sie nicht lüstern angestarrt«, widersprach er. »Er hat versucht, in ihr Inneres zu sehen, um sicher zu sein, dass er ihr trauen kann.«

Ich schnaubte unwillig.

»Und dazu muss man die äußere Hülle erst mal mit Blicken durchdringen. Ist schon klar. Lass uns jetzt schlafen, Jondar.«

Die Fahrt nach Zingst am nächsten Tag verlief ohne Zwischenfälle. Sie dauerte nur ewig und erst am Abend erreichten wir unser Ziel. Lemiral wurde vor dem Eingang zur Siedlung der alten Thuadaree schon von seinen Leuten erwartet. So viele Stunden lang mein Geschenk zu sein, war für Lemiral anscheinend eine große Belastung gewesen. Er atmete hörbar auf, als er spürte, dass er mir nicht mehr unterworfen war. Unbehaglich sah ich zu Thoran. Warum auch immer schien er nicht so darunter zu leiden. Oder vielleicht hatte er sich in den letzten Tagen einfach daran gewöhnt.

Das Dorf der alten Thuadaree erinnerte mich ein wenig an eine Feriensiedlung. Im

Geschichtsunterricht hatte man uns erklärt, dass Menschen vor dem großen Krieg regelmäßig ihre Wohnorte verließen. Für begrenzte Zeit schufen sie sich eine eigene kleine Welt. Sie bezogen kleine Häuser oder mobile Heime, steckten ein kleines Stück Land ab und taten so, als würde das alles ihnen gehören.

Merkwürdige Sitten herrschten damals.

Wir hielten mit dem Wagen vor Ardens Haus. Kaum waren wir ausgestiegen, als sich die Haustür öffnete und ein alter Thuadaree uns freudig entgegenlief.

Arden war wirklich schon sehr alt. Seine drahtige Gestalt ließ erahnen, welche Kraft früher in ihm gesteckt haben mochte. Hinter Thoran hätte er sich sicher nicht verstecken müssen. Sein langes Haar war schlohweiß, sein Gesicht von Falten durchzogen, doch seine Augen funkelten lebendig.

»Thoran, Jondar, was für eine Freude«, rief er und begrüßte die Brüder überschwänglich.

Dann wanderte sein Blick zu mir.

»Hast du dir gleich eine neue Frau genommen?«, fragte er Thoran überrascht. »Gwenda ist doch erst vor ein paar Tagen gestorben.«

Es hatte sich also schon herumgesprochen, dass die Prinzessin tot war. Nur dass Thoran mein Geschenk war, schien er noch nicht zu wissen.

Thoran schüttelte lachend den Kopf.

»Das ist Hallgard, aber du kannst sie Hexe nennen. Das passt besser zu ihr.«

»Hallgard ist ein guter Name«, erklärte Arden und reichte mir lächelnd die Hand. »Stein und Schutz, deine Eltern wollten eine starke Tochter. Aber jetzt kommt erst mal herein. Ihr seid sicher müde von der langen Fahrt.«

Wir folgten ihm ins Haus und saßen kurz darauf an einem reich gedeckten Abendbrottisch.

»Warum nennst du sie Hexe?«, fragte der alte Mann beim Essen. »Sie ist doch gar keine.«

Thoran grinste kauend.

»Das erzähle ich dir später. Ist ne lange Geschichte.«

»Kind, gib mir mal deine Hand«, forderte er mich auf und ich gehorchte.

»Dein Vater war ein Thuadaree und deine Mutter ein Mensch«, erklärte er überrascht und ließ meine Hand wieder los.

Thoran und Jondar grinsten, doch ich hatte das Gerede um meine Herkunft langsam satt.

»Es ist doch egal, ob er ein Hexer oder ein Thuadaree war«, sagte ich und gab mir redliche Mühe, nicht ungehalten zu klingen. »Meine Magie ist auf jeden Fall schwach. Bevor ich Thoran getroffen habe, konnte ich nur ein paar Amulette herstellen und mein Wehr instandhalten.«

»Das liegt daran, weil du dein Haar so kurz trägst und nicht bei deinem Volk lebst«, belehrte mich Arden. »Heirate einen Thuadaree und lass dir eine anständige Frisur wachsen, damit die Magie in deinem Körper besser gespeichert werden kann. Dann wirst du auch ohne Thoran an deiner Seite Thuadareemagie wirken können.«

Thoran lachte laut und ich musste mich sehr zusammennehmen, um nicht die Augen zu verdrehen. Ich hatte jetzt echt keine Nerven mehr für sowas. Ich wollte nur noch ins Bett und schlafen, schlafen, schlafen.

Zum Glück sah man mir anscheinend an, wie kaputt ich war. Bevor Thoran begann, Arden von den Ereignissen der letzten Tage zu erzählen, zeigte mir der alte Thuadaree mein Zimmer. Es kam mir merkwürdig bekannt vor. Fast so als wäre ich schon einmal hier gewesen, aber ich hatte keine Kraft mehr, diesen Gedanken festzuhalten.

Kapitel 14

»Frühstück!«, brüllte plötzlich jemand, bollerte mit der Faust an meine Zimmertür und ich fuhr erschrocken auf.

»Los jetzt, ihr Langschläfer! Ich erwarte euch in einer Minute am Tisch!«

Ich blinzelte und rieb mir die Augen. Es dauerte einen Moment, bis ich wusste wer und wo ich war und dass Arden meinem erholsamen Schlaf ein Ende gesetzt hatte.

Durch die Fenster schimmerte das Zwielicht der Morgenröte und ich setzte mich langsam auf.

Ich hatte noch nicht einmal mit den Füßen den Boden berührt, als Arden schon wieder in ohrenbetörender Lautstärke schrie: »Jetzt aber hopp! Wir haben heute viel vor!«

Benommen stolperte ich aus dem Zimmer und setzte mich an den Esstisch. Thoran und Jondar waren schon dort, schienen aber auch nur körperlich anwesend zu sein.

»Greift zu«, forderte Arden uns munter auf.

»Kaffee?«, murmelte ich hoffnungsvoll, doch Arden schüttelte den Kopf.

»Kaffee ist nicht gut fürs Herz«, erklärte er und goss jedem von uns eine Tasse Tee ein.

»Nachdem Thoran mir gestern alles erzählt hat, denke ich, wir sollten ein paar vertrauensvolle Thuadaree um Rat fragen«, erklärte Arden und biss herzhaft in sein Brot. »Hier in der Siedlung habe ich Freunde, mit denen ich mich gern austauschen möchte.«

Thoran nickte wortlos, ich war noch zu keiner Reaktion fähig.

»Gleich nach dem Frühstück machen wir uns gemeinsam auf den Weg und laden sie zu einer Besprechung ein. Seid ihr einverstanden?«

Thoran und Jondar nickten, ich grunzte. Mehr war nicht möglich.

»Ich habe da zumindest schon eine Idee, wie wir die Auswirkungen deiner Schenkung an Hallgard einschränken können«, fuhr Arden munter fort, während ich überlegte, wer denn wohl diese Hallgard war. Ach ja, ich.

»So, Jungs, dann macht euch mal schnell frisch, damit wir loskönnen«, empfahl Arden ein paar Minuten später. »Und du…«

Er musterte mich skeptisch von oben bis unten und seufzte.

»Du kannst dich frisch machen, wenn wir

unterwegs sind«, entschied er und ich nickte dankbar.

Ich hatte überhaupt keine Lust, die Männer zu begleiten. Gestern war ich todmüde ins Bett gefallen und heute Morgen hatte ich nicht mal Zeit gehabt, mir die Zähne zu putzen. Ich brauchte jetzt keinen Spaziergang, ich brauchte dringend eine Dusche und eine Zahnbürste. Thoran und Jondar beeilten sich im Bad und ich stand schon unter der Dusche, als die Haustür ins Schloss fiel.

Das Wasser wusch den Dreck und die Anspannung der letzten Tage von mir herunter. Als ich mich in eines der kuscheligen Handtücher wickelte, war ich endlich richtig wach und fühlte ich mich wie neu geboren. Ich ging zurück in mein Zimmer, setzte mich vor einen antiken Frisiertisch und kämmte meine kurzen Haare durch. Plötzlich sah ich Thoran im Spiegelbild. Er lag hinter mir auf meinem Bett, hatte sich auf die Ellenbogen gestützt und sah mir schweigend zu.

»Was machst du denn hier?«, fragte ich erstaunt, legte die Bürste zur Seite und stand auf.

Thoran setzte sich auf die Bettkante, zog sich sein T-Shirt über den Kopf und kam auf mich zu.

»Ich habe mich gedrückt«, erklärte er lächelnd. »Arden ist mit Jondar alleine los. Ich dachte, es wäre eine gute Gelegenheit, da weiterzumachen, wo wir im Wald unterbrochen wurden.«

»Dachtest du?«, entgegnete ich matt und hielt schützend den Saum des Handtuches über meiner Brust fest.

»Dachte ich!«, wiederholte er und nahm sanft meine Hände.

»Ich habe ein bisschen Angst, Thoran«, flüsterte ich.

»Wie ich schon einmal sagte, das solltest du auch«, knurrte er heiser und seine Lippen glitten über meine. »Ich warte schon so lange auf diesen Moment, dass ich wahrscheinlich nicht sehr rücksichtsvoll sein werde.«

Er ließ meine Hände los, zog ruckartig an meinem Handtuch und im nächsten Moment stand ich splitternackt vor ihm.

»Hexe!«, keuchte er lustvoll und küsste mich.

Er schlang seine Arme um mich und drückte mich an sich. Seine Zunge eroberte meinen Mund und in meinem Inneren brach ein Vulkan aus. Ich krallte mich an seine starken Schultern und erwiderte seinen Kuss leidenschaftlich.

»Thoran«, stöhnte ich, als er sein Becken gegen mich presste und sein Gesicht an meinem Hals vergrub.

Fahrig fuhr ich mit den Händen über seinen stahlharten Körper. Ich wollte ihn nur noch in mir spüren. Jetzt, hier und tief.

Ich kann mich nicht daran erinnern, wann Thoran seine Hose ausgezogen hatte und wie ich auf dem Bett gelandet bin. Irgendwann lag Thoran nackt auf mir, seine langen Haare kitzelten meine Brust und ich zog seinen Kopf zu mir herunter. Er küsste mich gierig und ich schlang meine Beine um seine Hüften.

»Bitte, jetzt!«, bettelte ich und im nächsten Moment spürte ich sein hartes Geschlecht genau an der richtigen Stelle.

Er drang vorsichtig in mich ein und ich hob die Hüften, um ihn endlich ganz in mir zu spüren.

»Mach langsam, Hexe, sonst tu ich dir noch weh«, keuchte Thoran und versuchte sich mir zu entziehen.

Doch ich wollte nicht warten. Ich drückte ihm meine Fersen in das Hinterteil und zog mich noch enger an ihn heran. Das war wohl zuviel für Thoran.

»Ich habe dich gewarnt!«, fluchte er und verlor den Rest seiner Beherrschung.

Er stieß so tief in mich, dass mir kurz die Luft wegblieb. Und er hörte nicht auf. Beim zweiten Stoß atmete ich seufzend ein und beim dritten hieß mein Körper ihn willkommen. Wir stöhnten im gleichen Rhythmus, immer lauter, schneller und heftiger. Ich schloss die Augen, legte den Kopf in den Nacken und reckte ihm meine Hüften entgegen, um ihn noch intensiver zu spüren.

»Hexe«, brüllte Thoran plötzlich leidenschaftlich und stieß noch ein letztes Mal in mich.

Im selben Moment explodierte etwas in meinem Inneren. Ich sah Funken und Sterne um uns herum und mein Unterleib zog sich pulsierend zusammen. Die Welt stand einen Moment lang still, während sich die aufgestaute Lust wie Lava heiß und wogend in meinen ganzen Körper ergoss.

Als ich wieder zu Atem kam, sah ich auf. Thoran grinste selbstgefällig auf mich herab.

»Das, kleine Hexe«, erklärte er, »war der beste Fick, den ich je hatte.«

Ich verdrehte abfällig die Augen und schaute zur Seite. Plötzlich lief es mir kalt den Rücken herunter.

An der Wand über meinem Bett hing ein Strauß getrockneter Rosen. Meine Hände glitten von Thorans Schultern und krallten sich in die Bettdecke. Blau-weiß kariert.

Es war alles genauso wie in meiner Vision von Thorans Geheimnis!

»Hey, Hexe, was ist los mit dir? Hab ich dich etwa sprachlos gemacht?«, fragte Thoran spöttisch und strich mir eine Haarsträhne aus dem Gesicht.

»Du hast es wohl gesehen!«, knirschte ich wütend und versuchte vergeblich, ihn von mir runter zu stoßen.

Thoran zog fragend eine Augenbraue hoch und sah mich verwundert an.

»Jetzt tu nicht so, du Mistkerl«, schimpfte ich. »Du hast genau gewusst, dass du mich hier rumkriegst!«

»Ach, und woher bitte sollte ich das wissen?«, fragte er und presste mich mit seinem vollen Gewicht auf die Matratze.

»Du hast gewusst, was ich sehe, als du mir dein Geheimnis preisgegeben hast«, keuchte ich, da ich mit ihm auf mir kaum Luft bekam. »Die getrockneten Rosen, diese bescheuerte Bettwäsche und du auf mir. Es ist alles wie in meiner Vision!«

Thoran erstarrte. Leider auch der Teil von ihm, der immer noch in mir steckte, was mir unwillkürlich einen leidenschaftlichen Seufzer entlockte.

»Du hast das wirklich gesehen?«, fragte er lauernd und rammte seine Hüften gegen mich.

»Mach, dass du von mir…«, schimpfte ich und versuchte verzweifelt, meine aufkommende Lust im Keim zu ersticken.

Doch Thoran hielt mir mit der Hand den Mund zu.

»Befehle mir nichts, was du nachher bereuen würdest«, flüsterte er und lächelte verführerisch.

Ich schnaubte verärgert. Thoran ließ einen kurzen Moment meinen Mund frei und strich mit dem Daumen über meine Unterlippe.

»Ich bin noch lange nicht fertig mit dir«, raunte er und küsste mich.

»Thoran…«, protestierte ich schwach, doch sein Kuss erstickte jeden Widerstand.

Er wurde leidenschaftlicher und bald hatte ich das Gefühl, ich wäre nur geboren, um das hier zu erleben. Thoran rutschte tiefer, leckte meinen Hals und biss sanft in meine Schulter. Seine Hände umschlossen meine Brüste und er vergrub sein Gesicht dazwischen. Meine Brustwarzen hatten sich zu festen, harten Perlen zusammengezogen. Er sog erst die eine, dann die andere tief in seinen Mund und küsste sich einen Weg weiter hinab.

Gut, dass er mir den Mund verboten hatte, dachte ich einen kurzen Moment, dann war mein Gehirn wie leergefegt. Er schob seinen Kopf zwischen meine Beine und ich bäumte mich ihm entgegen. Sein Bart kratzte rau über meine empfindliche Haut und er küsste den Schmerz fort. Seine langen Haare kitzelten angenehm die Innenseiten meiner Schenkel und mit seiner Zunge stellte er unglaubliche Dinge an. Alles in mir schrie nach Erlösung, doch ich wollte sie mit ihm zusammen erleben.

»Komm mit mir«, flehte ich und konnte mich kaum zurückhalten.

»Beim nächsten Mal«, hauchte er provozierend gegen meine feuchte Mitte.

Im selben Augenblick zersprang meine Welt erneut in einem gigantischen Feuerwerk aus Lust und Leidenschaft.

Thoran legte sich wieder auf mich, küsste sanft meine Wange und drang direkt in mich ein.

»Thoran«, flüsterte ich, »ich kann nicht mehr.«

»Du unterschätzt dich«, knurrte er an meinem Hals und seine Lippen legten sich auf meine.

Mit mir zusammen drehte er sich, so dass ich auf ihm saß. Ermattet bettete ich meinen Kopf auf seine Schulter und er strich sanft über meinen Rücken. Langsam glitten seine Hände zu meinen Hüften, hielten mich, hoben mich und senkten mich wieder. Mehr Aufforderung brauchte ich nicht. Ich küsste ihn, bewegte mich und meine Leidenschaft erwachte erneut. Bald saß ich aufrecht auf ihm. Seine Hände waren überall. Sie streichelten meine Brüste und meinen Bauch und sein Daumen fand den harten Kern der Lust zwischen meinen Beinen. Mein Innerstes pulsierte. Diesmal war es kein Zerspringen in tausend Teile. Es überkam mich wie eine Welle, als würden all meine Ängste und Sorgen hinweggespült. Ich lehnte meinen Kopf an seine Schulter und fühlte mich so zufrieden und glücklich, wie noch nie in meinem Leben. Zum ersten Mal seit ewigen Zeiten durfte ich schwach sein, mich fallen lassen in dem Wissen, dass Thoran mich auffing. Es war alles gut, solange er nur bei mir war und mich mit seinen starken Armen hielt.

»Hexe?«

Thoran ließ mich los, umfasste mein Gesicht mit beiden Händen und sah mir ernst in die Augen.

»Du schenkst mir deinen Körper *und* dein Herz?«, fragte er rau. »Sei froh, dass ich deinen Namen nicht kenne.«

Erst war ich verwirrt. Doch als mir endlich klar wurde, was er meinte, war es längst zu spät. Ich hatte ihm mein Herz geschenkt und ich konnte nichts dagegen tun. Und er wusste es…

»Wir sind wieder da!«, ertönte eine laute Stimme im Flur, doch ich starrte einfach weiter in Thorans Augen.

»Jondar und Arden sind zurück«, sagte Thoran heiser. »Wir sollten uns was anziehen.«

Kapitel 15

Nach und nach kamen Ardens Freunde und im Wohnzimmer wurde es eng.

Da ich eh keine Ahnung hatte, wer hinter der Verschwörung steckte, setzte ich mich auf die Fensterbank und sah hinaus.

Die Männer diskutierten heftig, wer für alles die Verantwortung trug. Jesko schlossen sie bald aus, waren aber sicher, dass der Verräter aus seinem Umfeld kommen musste.

Ich hörte nur mit einem Ohr zu und war viel zu sehr mit mir selbst beschäftigt. Ich hätte einfach nicht mit ihm schlafen dürfen, dachte ich resigniert. Doch wie hätte ich das verhindern sollen? Spätestens nachdem Thoran mich vor den Verbannten gerettet hatte und ich am morgen nackt neben ihm aufgewacht war, war mein Schicksal besiegelt. Einzig Thoran hätte das vermeiden können. Er hätte mich nicht retten müssen…

Ich stutzte und sah zu ihm herüber, doch Thoran

ignorierte mich und unterhielt sich angeregt mit den anderen.

Er hätte mich sterben lassen können, dachte ich und starrte ihn an.

Dann wäre er frei gewesen, kein Geschenk mehr, das meinen Befehlen gehorchen musste. Niemand hätte ihm einen Vorwurf gemacht. Warum also hatte er mich gerettet?

»Hexe?«

Jondars Stimme holte mich in die Wirklichkeit zurück.

»Hast du noch etwas in die Waagschale zu werfen?«

»Worein?«

»Sie überlegen gerade, wie man die Schenkung aufheben kann. Da zählt jede Verpflichtung dem anderen gegenüber.«

»Oh, ähm«, entschuldigte ich mich verlegen. »Vielleicht, als die Verbannten…«

»Da ist nichts«, fuhr Thoran dazwischen und schenkte mir seinen Todesblick.

Er wusste also, dass ich ihm mein Leben verdankte?

Natürlich weiß er es, dachte ich. Er war ein Thuadaree mit extrem empfindlicher Seele. Und doch hatte er mir lieber sein Geheimnis offenbart, als diese Schuld einzufordern. Es schien ihm ungeheuer wichtig zu sein, diese Tatsache zu verheimlichen, auch wenn ich keinen Schimmer hatte, warum.

»Thoran hat Recht«, sagte ich also unter seinem

stechenden Blick und er atmete erleichtert auf.

»Nun«, fuhr Arden langsam fort. »Die Schenkung kann nicht zurückgenommen werden. Aber ihre Konsequenzen können wir mildern. Thoran, du wirst dich frei bewegen können, aber ein Leben lang den Drang verspüren, ihr zu gehorchen. Solltest du dich einem Befehl widersetzen, wird dich das nicht umbringen, sondern höchstens ein bisschen weh tun.«

»Das ist schon mehr, als ich erhoffen konnte«, erklärte Thoran erleichtert. »Was sagst du dazu?«

»Hört sich gut an«, stimmte ich zu. »Wie kriegen wir das hin?«

Arden holte tief Luft und sah mich unbehaglich an.

»Du müsstest Thoran absolute Ehrlichkeit schwören.«

»Mehr nicht?«, fragte ich verwundert und Arden riss erstaunt die Augen auf.

»Du hast keine Bedenken?«

»Nein«, erklärte ich. »Wieso sollte ich Thoran anlügen wollen? Höchstens vielleicht, um ihn zu ärgern, aber da fällt mir dann sicher was anderes ein. Kann ich jetzt gleich schwören oder muss ich was Besonderes sagen?«

Thoran grinste und Arden und seine Freunde sahen mich fassungslos an.

»Wenn dir das so leicht fällt, wird der Schwur kein Problem sein«, sagte Arden schließlich erleichtert. »Sag einfach *Ich schwöre dir ein Leben lang Ehrlichkeit* und besiegel das ganze, indem du deinen Namen sagst.«

Thoran verschränkte die Arme hinter dem Kopf,

starrte an die Decke und fluchte. Ich schnappte entsetzt nach Luft.

»Ich verstehe nicht…«

Verunsichert blickte Arden zwischen uns hin und her.

»Dass du Hallgard heißt, ist doch jedem bekannt, oder?«

»Ja«, stöhnte Thoran. »Aber ihre Mutter hat ihr einen geheimen Namen gegeben.«

»Oh!« Arden knetete nervös seine Hände. »Das ist schlecht«, murmelte er leise. »Aber einen anderen Weg gibt es nicht.«

»Ich muss hier raus«, krächzte ich, stand auf und lief barfuß vor die Tür.

Draußen atmete ich ein paar Mal tief durch. Die Luft roch leicht salzig und in der Ferne hörte man das gleichmäßige Rauschen der Wellen. Die Sonne war fast untergegangen und der Horizont schien zu glühen. Selbst die Wolken, die am Himmel vorbeizogen, brannten.

Dann will ich deinen Körper, dein Herz und deinen Namen, dröhnten Thorans Worte in meinem Kopf und ich hielt mir die Ohren zu. Plötzlich hörte ich die Stimme meiner Mutter, die liebevoll meinen Namen rief und ich schluchzte gequält auf.

»Hilf mir!«, flüsterte ich verzweifelt in das Abendrot, dann setzten sich meine Beine wie von selbst in Bewegung. Getrieben von einer höheren Macht rannte und rannte ich, bis ich schwer atmend auf einer Anhöhe stoppte.

Und dann sah ich das Meer, zum ersten Mal in meinem Leben.

In sanftem Rhythmus brachen die Wellen an den Strand und die schier unendliche Weite trieb mir die Tränen in die Augen. Der Wind fegte kalt über den Damm und zerzauste meine Haare. Magisch angezogen vom Wasser setzte ich einen Fuß vor den anderen. Der Sand knirschte unter meinen nackten Sohlen und ich hielt erst an, als meine Knöchel von der schäumenden Gischt umspült wurden.

Der Wind wurde heftiger. Er zerrte an meinem T-Shirt, ließ meine Hose um die Beine flattern und der aufgepeitschte Sand liebkoste rau mein Gesicht.

Thoran besaß meinen Körper und ich hatte ihm mein Herz geschenkt. Jetzt brauchte er nur noch meinen Namen.

Ich schrie verzweifelt. So lange, bis ich keine Luft mehr in den Lungen hatte. Dann sackte ich auf die Knie.

Das Wasser reichte mir bis zur Hüfte. Es war kalt, doch das spürte ich nur am Rande. Ich schlug die Hände vor das Gesicht und weinte hemmungslos.

Dieser verdammte Thuadaree hatte mein ganzes Leben auf den Kopf gestellt. Nichts war mehr so, wie es sein sollte.

Meine Tränen liefen und ich starrte auf das offene Meer. Wie hatte mir das nur passieren können?

Ich hatte mich schon oft verliebt, in Menschen und

in Divergenten. Doch Thoran liebte ich aus tiefstem Herzen und das war überhaupt nicht gut. Beziehungen zu Divergenten waren immer schwierig und von vorn herein zum Scheitern verurteilt. Ich hatte das selbst ein paar Mal erlebt und meiner Mutter war es ebenso ergangen. Egal, ob mein Vater nun ein Hexer, oder wie Arden und Thoran glaubten, ein Thuadaree gewesen war. Nachdem mit der Magie in unserer Welt auch die Kräfte der Divergenten erwacht waren, waren wir einfach zu verschieden.

Und ich Idiot hatte mein Herz einem Thuadaree geschenkt, der es über kurz oder lang einfach zerquetschen würde.

Ich hatte es nicht geplant, ich wollte es nicht einmal. Es war einfach passiert und ich hatte mich nicht dagegen wehren können.

»Hexe?«, hörte ich plötzlich eine leise Stimme hinter mir und starke Arme legten sich um mich.

»Thoran«, flüsterte ich und lehnte mich gegen seinen warmen Körper.

»Das Wasser ist kalt«, sagte er leise, hob mich auf und trug mich an den Strand.

Behutsam ließ er mich herunter und verzweifelt klammerte ich mich an ihn. Ich legte meine Arme um seine Taille und er hielt mich fest.

Seine Hand strich über mein Haar und er drückte meinen Kopf sanft an seine breite Brust.

»Du musst das nicht tun«, sagte er leise.

Die Unsicherheit in seiner Stimme ließ mich

aufblicken.

»Willst du denn nicht frei sein?«

»Doch«, er lächelte. »Aber du kannst mir nicht trauen. Der Preis für dich könnte zu hoch sein.«

»Ohne dich wäre ich nicht hier, um ihn bezahlen zu können.«

»Du schuldest mir nichts«, erklärte er ernst und drückte mich wieder fest an sich.

Das Rauschen der Wellen wurde seichter, die Sonne war längst untergegangen und noch immer standen wir eng umschlungen im Sand.

Ich atmete tief durch, nahm schließlich sein Gesicht in beide Hände und sah ihm fest in die Augen.

»Ich schwöre dir ein Leben lang Ehrlichkeit«, sagte ich leise.

Thoran schluckte, sah mich lange an und ich konnte seinen Blick nicht deuten. Ich las Triumph, Erleichterung, aber auch Angst und Sorge darin.

»Sagst du mir deinen Namen?«

Ich schlang meine Arme um seinen Hals und zog seinen Kopf zu mir herunter.

»Alba«, flüsterte ich in sein Ohr. »Ich heiße Alba.«

Kapitel 16

Schweigend gingen wir zurück zu Arden. Jetzt würde ich mich niemals an jemand anderen binden können, dachte ich. Merkwürdigerweise machte es mir nicht einmal etwas aus.

Wie ein Orkan hatte Thoran mich überrollt und mitgerissen. Ich hatte versucht, mich dagegen zu wehren, hatte nicht zulassen wollen, was meinem Herzen längst klar gewesen war. Was wäre passiert, wenn seine Entführer ihn vor dem richtigen Tor abgeladen hätten? Meine Nachbarin hätte versucht ihn zu brechen und das hätte Thoran nicht überlebt. Dieser sture stolze Thuadaree wäre eher gestorben, als ihr zu Willen zu sein. Nur ein paar hundert Meter von mir entfernt hätte er sein Leben verloren und ich hätte nicht einmal geahnt, dass es ihn gibt.

Bei dem Gedanken daran zog sich mein Herz zusammen.

Es war Schicksal, dass wir uns begegnet waren, davon war ich überzeugt. Ich straffte die Schultern und ging mit erhobenem Kopf neben Thoran. Wir Agrarier waren hart im Nehmen. Schwäche zeigten wir nur selten, rappelten uns auf und machten tapfer weiter. Dann war er eben mein Schicksal, dachte ich trotzig. Es hätte mich wirklich schlimmer erwischen können.

Die alten Thuadaree waren bereits gegangen. Nur Arden und Jondar waren noch im Haus und sahen uns besorgt an.

»Bist du frei?«

Jondar sah uns forschend an und Thoran nickte.

Thoran nickte.

»Wirklich?«, fragte Arden skeptisch.

»Ja, wirklich«, antwortete ich und ließ mich in einen der Sessel plumpsen. »Jetzt wo wir diese Geschenkesache erledigt haben, möchte ich gern wieder nach Hause fahren. Ich denke nicht, dass ich euch helfen kann herauszufinden, wer hinter dem Ganzen steckt.«

»*Meine* Hexe hat Recht«, erklärte Thoran und zwinkerte mir zu, während ich ihm einen wirklich bösen Blick zu warf. Musste er das so betonen?

Da ich ja jetzt zu *ihm* gehöre, meinte Thoran, wäre es doch angebracht, dass *seine* Hexe in *seinem* Bett schlafe und Jondar mein Zimmer bekäme.

Also nahm Thoran mich an die Hand, wünschte Arden und Jondar eine gute Nacht und zog mich hinter sich her. Ich biss wütend die Zähne zusammen und folgte ihm notgedrungen.

Kaum hatte Thoran die Tür hinter uns geschlossen, riss er mich in seine Arme, doch ich stieß ihn weg.

»Sag mal, spinnst du?«, fuhr ich ihn an.

»Wieso?«, fragte er überrascht und seinem Gesichtsausdruck nach zu schließen, hatte er wirklich keinen Schimmer, warum ich so wütend war.

»*Meine* Hexe gehört in *mein* Bett«, äffte ich ihn nach. »Soll ich dir mal ein paar Befehle erteilen und zusehen, wie weh dir das tun wird?«

»Hexe«.

Thoran hob beruhigend die Arme.

»Ich konnte doch nicht ahnen, dass du so empfindlich bist!«

»Du und Arden glaubt doch, ich hätte Thuadareeblut in den Adern«, schimpfte ich. »Wie würde es dir denn gefallen, wenn ich ‚*mein* Thoran gehört *mir*' sagen würde?«

Er legte den Kopf schief und lächelte mich entwaffnend an.

»Gut«, schmunzelte er und hob anzüglich eine Augenbraue.

»Thoran! Du weißt genau, was ich meine!«

»In Ordnung.«

Er kam auf mich zu und nahm mich versöhnlich in den Arm.

»Ich werde in Zukunft meine Worte mit mehr Bedacht wählen«, versprach er und glitt mit den Händen hinab zu meinem Po.

»Ich habe eine Idee«, knurrte er verführerisch und küsste mich.

»Jedes Mal, wenn ich zu sehr darauf beharre, dass du zu mir gehörst…«

Er leckte über meinen Hals und rieb kreisend seinen Unterleib an mir.

»… hast du einen Befehl frei und ich verspreche, ich werde ihn befolgen.«

Er hauchte die Worte in mein Ohr und ich stöhnte wohlig auf.

»Das hört sich gut an«, stimmte ich zu und ließ meine Hände über seinen breiten Rücken wandern. »Dann kann ich dir jetzt also etwas befehlen und du tust es?«

Aufreizend glitt ich mit den Fingern unter seinen Hosenbund.

»Auf jeden Fall«, keuchte Thoran erregt. »Sag mir, was du willst und ich werde es tun.«

»Sehr gut«, sagte ich und Thoran blickte beim Klang meiner Stimme verwundert auf.

Ich machte mich von ihm los, setzt mich im Schneidersitz auf das Bett und verschränkte die Arme vor der Brust.

»Einmal nackt im Handstand durch das Zimmer laufen«, befahl ich und sah ihn provozierend an.

»Das ist jetzt nicht dein Ernst«, rief Thoran wütend.

»Doch.«

»Wie kannst du in so einer Situation an Genugtuung denken?«, ereiferte er sich fassungslos.

»Thuadareeblut«, gab ich einsilbig zurück.

»Hexe!«, fauchte Thoran. »Ich dachte, dein Befehl

würde…«

»Ich weiß, was du dachtest«, unterbrach ich ihn ruhig. »Und jetzt, runter mit den Klamotten!«

Thoran sah aus, als würde er jeden Moment explodieren.

Es klopfte leise an der Zimmertür und wütend riss er den Kopf herum.

»Was?«, brüllte er.

»Thoran, wir haben dich bis ins Wohnzimmer gehört. Ist alles in Ordnung mit dir?«

Jondars besorgte Stimme drang durch die geschlossene Tür.

»Ja!«, schnauzte Thoran. »Lasst uns in Ruhe und geht spazieren!«

Witzig eigentlich, dass Jondar sich Sorgen um seinen Bruder machte.

Thoran sah wieder zu mir und schenkte mir seinen Todesblick, doch ich lächelte unbeeindruckt.

»Ich warte«, sagte ich auffordernd.

Im nächsten Moment riss sich Thoran im wahrsten Sinne des Wortes sein Shirt vom Leib. Die Fetzen knüllte er wütend zusammen, warf sie in meine Richtung und verfehlte mich nur knapp. Schwer atmend stand er da und sein mächtiger Brustkorb hob und senkte sich.

Er hatte die Hände zu Fäusten geballt und jeder Muskel war angespannt. Ein bisschen beängstigend, ihn mit all seiner Kraft zu sehen, aber auch absolut beeindruckend. Ich schluckte und ein heißer Schauer lief über meinen Rücken.

»Weiter«, forderte ich, doch meiner Stimme fehlte die Schärfe von vorhin.

Thoran spürte es sofort, denn es blitzte in seinen Augen und die Todesdrohung verschwand aus seinem Blick.

»Das wirst du mir büßen, Hexe«, erklärte er, doch es klang nicht wie eine Drohung, sondern eher wie ein Versprechen.

Er hob langsam die Arme hinter seinen Kopf und drehte seine langen Haare zu einem festen Zopf. Herausfordernd sah er mir in die Augen und begann Knopf für Knopf seine Cargohose zu öffnen. Sie glitt an seinen Beinen herab. Unterwäsche trug er keine.

Meine Wangen glühten bei seinem Anblick, vor Verlangen und auch vor Scham. Ich hatte ihm klar machen wollen, dass wir in unserer Abhängigkeit voneinander ebenbürtig waren. Aber jetzt hatte ich ein schlechtes Gewissen. Einem Mann wie ihm einen solch kindischen Befehl zu geben, fühlte sich nicht richtig an.

Ich wollte ihm gerade sagen, er solle aufhören, als er sich langsam nach vorn beugte und mit den Handflächen den Boden berührte. Wie in Zeitlupe brachte er seine Beine in die Senkrechte. Die Muskeln an seinen Armen wölbten sich beängstigend. Ich hatte Artisten und Turner auf Händen laufen sehen. Die Bewegungen waren immer etwas abgehackt und kantig. Nicht so bei Thoran. Wie andere gemächlich spazieren gehen, ging er auf Händen einmal quer durch das Zimmer.

Mir verschlug es die Sprache.

Einen Moment lang stand er regungslos auf den Händen, dann bog er die gestreckten Beine etwas nach links. Eine gefühlte Ewigkeit stand er nur auf einer Hand, beugte die Beine dann langsam herunter, bis er mit beiden Füßen wieder auf dem Boden stand. Er richtete sich auf und grinste mich an.

»Ich sehe, du bist beeindruckt.«

Ich konnte nichts erwidern. Seine unglaubliche Kraft und Anmut hatten mir die Sprache verschlagen.

»Also habe ich den Befehl zu deiner Zufriedenheit ausgeführt?«, fragte er und zog aufreizend eine Augenbraue hoch.

Ich nickte mit offenem Mund, zu mehr war ich nicht in der Lage.

»Gut.«

Thoran löste mit einer Hand ruckartig seinen Zopf und seine langen Haare fielen in Wellen über seine nackte Haut. Er leckte sich die Lippen und kam langsam auf mich zu.

»Dann werde ich dich jetzt büßen lassen«, versprach er rau und ich konnte es kaum erwarten.

In der Nacht spielte das Wetter wieder einmal verrückt. Der Himmel öffnete seine Schleusen und es donnerte und blitzte stundenlang. Trotzdem erwachte ich ausgeruht in Thorans Armen.

Er schlief noch und ich betrachtete ihn. Gestern, bei der Besprechung mit Arden und seinen Freunden, war er extrem angespannt gewesen. Die Sorge um seine Brüder und sein Volk hatte man ihm deutlich angesehen. Er selbst hatte nie geglaubt, dass Jesko hinter all dem steckte. Doch als die alten Thuadaree seine Meinung bestätigten, war er mehr als erleichtert gewesen. Ich erinnere mich vage, dass einer nach dem anderen während der Besprechung plötzlich verstummt war. Sie saßen dann stocksteif in ihren Sesseln, ihre Augen glühten weiß und kurz darauf diskutierten sie weiter mit. Sie hätten die Situation mit ihrem inneren Auge bewertet, hatte Thoran mir erklärt. Ich fand es ziemlich unheimlich.

Genauso unheimlich, wie die Tatsache, dass auch

meine Augen angeblich leuchteten, wenn ich Bereiche auf ihre Sicherheit checkte. Oder dass ich Magie speichern und abgeben konnte. Bisher war Magie für mich immer etwas Bodenständiges gewesen, gebunden an Gegenstände oder Worte oder nur mit Konzentration und Trance zu bewerkstelligen. Magie im Alltag so selbstverständlich zu nutzen, wie diese alten Thuadaree, war mir fremd. Ich sah in Thorans Gesicht. Er schlief noch immer und so entspannt hatte ich ihn noch nie gesehen. Ein leises Lächeln umspielte seine Lippen und ich widerstand der Versuchung seine Wange zu streicheln. Statt dessen seufzte ich leise und er schlug sofort die Augen auf.

»Guten Morgen, Hexe.«

»Guten Morgen«, murmelte ich und kuschelte mich an ihn.

»Wir werden heute aufbrechen«, sagte Thoran leise und schlang seine Arme um mich. »Arden hat Jesko gestern angerufen, wir treffen ihn in drei Tagen.«

»Angerufen?«, wiederholte ich verwirrt.

Natürlich hatten einige Divergenten Handys, aber sie nutzten sie nur äußerst ungern. Während sich elektrische Geräte wie Toaster, Föhn und Waschmaschine allgemeiner Beliebtheit erfreuten, waren Divergenten im Umgang mit Computern und Smartfons äußerst vorsichtig. Die Tatsache, dass die Städter die Satelliten und Wlan-Netze kontrollierten, hielt viele davon ab, diese Technologie zu nutzen.

»Arden hat sein Handy, wie alle Thuadaree, in einem magischen Wehr eingeschlossen. Er benutzt es nur selten und maximal für eine Minute. So kann es weder geortet, noch der Anruf zurückverfolgt werden.«

»Aber dann hätte dein Bruder ja zur gleichen Zeit sein Handy anschalten müssen. Das ist doch sehr unwahrscheinlich, oder?«

»Mailbox«, flüsterte Thoran an meinen Lippen und küsste mich.

»Aber…«

»Sei still, Hexe«, raunte er und schob seinen harten Körper auf mich. »Ich glaube kaum, dass wir die nächsten Tage Zeit für uns allein haben werden.«

Er nahm mein Gesicht in beide Hände und lächelte auf mich herab.

»Arden und Jondar schlafen noch, wir sollten den Moment nutzen.«

Wir nutzten den Moment ausgiebig, verabschiedeten uns nach dem Frühstück von Arden und fuhren mit Jondar Richtung Süden. Lemiral hatte Wort gehalten, denn nicht ein Thuadaree aus seinem Volk stellte sich uns in den Weg. Im Gegenteil, sie halfen uns sogar eine sichere Route durch die Mecklenburgische Seenplatte zu finden.

Wir fuhren durch die Prignitz und die Altmark. Zumindest stand dies auf den alten Straßenkarten, die ich mir gegriffen hatte. Die Fahrt führte wieder durch endlose Getreidefelder. Ich suchte in der Umgebung nach dem ein oder anderen markanten Punkt, um zumindest auf dem Papier zu sehen, dass wir nicht nur im Kreis fuhren. Jondar schlief die meiste Zeit. Arden hatte ihm vor unserer Abreise einen magischen Trank gegeben. Der sollte ihm helfen, die Erinnerungen an die Folter in der Scheune zu verarbeiten.

Am Morgen des dritten Tages änderte sich die Aussicht endlich. Gestern hatten wir die Stadtfestung Magdeburg links liegengelassen und die Landschaft wurde zusehens hügeliger. Gegen Mittag sogar fast schon gebirgig.

»Wo treffen wir deinen Bruder nochmal?«

»Auf Burg Reginstein.«

»Regenstein? Na, hoffentlich ist da nicht der Name Programm«, schmunzelte ich und sah durch das Wagenfenster in den Himmel.

Die Sonne schien erbarmungslos auf uns herab und es war nicht eine Wolke zu sehen.

Thoran lachte.

»Ihr Menschen nennt es Regenstein, aber eigentlich heißt die Burg Reginstein. Regin bedeutet Schicksal, Götter oder Ratschließende.«

Er erklärte, dass dieser Ort oft für Zusammenkünfte von Thuadaree aus dem Ost- und Südvolk genutzt wurde. Er lag strategisch auf der Grenze der beiden Völker und die Magie dort wäre stärker als an vielen anderen Orten.

Kurz darauf hielten wir auf einem freien Platz und über uns, auf dem Sandsteinrücken eines Berges, thronte die Burg. Ehrlich gesagt, war ich enttäuscht.

Sie sah überhaupt nicht magisch aus. Ich weiß nicht, was ich erwartet hatte, aber eine verfallene Ruine von der nur noch in den Stein gehauene Räume erhalten waren, sicher nicht. Wie Höhlen von Urzeitmenschen gruben sich die schwarzen Löcher in den Berg. Doch kaum war ich aus dem Wagen gestiegen, spürte ich die Magie des Ortes. Sie summte förmlich unter meinen Füßen und es knisterte in der Luft.

Wir folgten einem Pfad durch ein verfallenes Tor und gingen zur Burg hinauf. Teils war der Weg unbefestigt, teils stiegen wir über ausgetretene Stufen immer weiter nach oben. Je höher wir kamen, desto munterer wurde Jondar. Er hatte die letzten Tage fast nur geschlafen, doch die frische Luft und die Bewegung schienen seine Lebensgeister wieder zu wecken. Vielleicht verlor der Trank von Arden auch einfach nur seine Wirkung.

»Ich kann es kaum erwarten, Jesko zu sehen«, erzählt er freudig. »Ich hoffe nur, er ist nicht sauer auf mich, weil ich allein losgezogen bin, um Thoran zu suchen. Du wirst unseren Bruder mögen, Hexe! Manchmal ist er wie Thoran, aber meistens ist er ein sehr netter und umgänglicher Kerl.«

Ich grunzte als Erwiderung. Der Weg war steil und ich ziemlich aus der Puste.

»Ich hoffe, er hat Sabia mit hierher genommen. Wenn bei uns am Hofe jemand Intrigen schmiedet, sollte sie dort nicht ohne Schutz bleiben.«

»Bestimmt hat er sie mitgenommen«, grummelte Thoran. »Er tut doch kaum einen Schritt ohne seine

Frau.«

»Wenn du so eine hübsche Frau hättest, würdest du sie auch nicht bei anderen Männern zurücklassen«, kicherte Jondar.

»Pass auf, was du sagst, kleiner Bruder«, knurrte Thoran verärgert und ballte seine Fäuste.

»Jungs, bitte«, ging ich schwer atmend dazwischen.

Zum Glück waren wir in diesem Moment oben angekommen. Auf einem kleinen Plateau vor den Höhlen standen ein paar Thuadaree und als sie Thoran und Jondar erkannten, liefen sie freudig auf sie zu.

Thoran drehte sich zu mir herum.

»Diese Männer gehören zur Leibgarde meines Vaters.«

So etwas in der Art hatte ich mir schon gedacht. Sie trugen alle die gleiche schlichtschwarze Uniform und auf der Brust ein goldenes Abzeichen. Alle hatten ihre langen Haare zu einem Zopf gebunden und waren, anders als Thoran, glatt rasiert.

»Und das ist Hallgard. Sie gehört zu mir«, stellte Thoran mich vor und legte besitzergreifend einen Arm um mich.

Die Garde musterte mich neugierig und begrüßte mich. Ich hatte gerade dem Letzten die Hand geschüttelte, als ein Mann und eine Frau aus einer der Höhlen auf uns zu kamen.

»Thoran, Jondar!«, rief der Mann erleichtert und lief auf die beiden zu.

Niemand brauchte mir zu sagen, dass dies Jesko

war. Er sah Thoran so ähnlich, dass die beiden fast schon Zwillinge hätten sein können. Die Frau an seiner Seite begrüßte die Brüder ebenfalls herzlich, war jedoch etwas zurückhaltender. Sie hatte diese Art ätherische Schönheit, die mir immer schon unheimlich gewesen war. Makellose Haut, klein, schlank und zierlich, langes blondes Haar, große ausdrucksstarke Augen. Eben all das, was ich nicht war und nie sein würde. Eine Weile standen wir noch zusammen, dann traten wir gemeinsam in die Höhle.

Die Garde hatte einen provisorischen Tisch aufgebaut und wir setzten uns zu einem einfachen Mahl. Jesko nahm am Kopf des Tisches Platz, flankiert von seiner Frau und Thoran. Jondar saß neben Sabia und ich neben Thoran. Mein Thuadaree und Jondar berichteten in groben Zügen, was ihnen widerfahren war. Nur dass Thoran mein Geschenk war, erwähnten sie noch nicht. Jesko erzählte, dass sich der Gesundheitszustand seines Vaters, zumindest für den Moment, stabilisiert hatte. Die anderen Männer der Garde hatte er zum Schutz für ihn im Süden zurückgelassen. Alle Thuadaree dieser Garde, so schwor er, wären über jeden Zweifel erhaben. Sie waren seine engsten Vertrauten und treuesten Kämpfer. Die Männer unterhielten sich und diskutierten, während Sabia und ich schweigend aßen. Zumindest eine Gemeinsamkeit zwischen mir und dieser Schönheit.

Es wurde beschlossen, dass Thoran und Jondar zusammen mit Jesko zurück zu ihrem Vater reisen sollten. In Anbetracht der Tatsache, dass der alte Herrscher jeden Moment sterben konnte, hatte ich dafür vollstes Verständnis. Zwei Männer der Garde sollten mich am nächsten Tag nach Hause begleiten. Ich erklärte zwar, dass ich durchaus auch allein heimfahren könne, doch die Brüder winkten ab.

«Jetzt lasst doch einen Augenblick lang die Politik und esst«, unterbrach Sabia sanft das Gespräch der Männer.

Alle sahen sie erstaunt an.

»Besonders in Zeiten wie diesen, sollten wir auch die schönen Ereignisse würdigen. Thoran und Jondar sind unversehrt zu uns zurückgekommen. Das wollen wir heute gebührend feiern.«

»Sabia hat Recht«, stimmte Jesko ihr zu. »Ich bin erleichtert und froh, meine Brüder wieder an meiner Seite zu haben. Morgen reisen wir zurück in unsere Heimat. Dort werden wir uns mit der gesamten Garde beraten.«

Er hob sein Glas und stand auf.

»Auf Thoran und Jondar!«

Alle stießen an und die Unterhaltung wurde lockerer.

»Jondar«, rief Sabia fröhlich. »Ich hätte eines deiner Instrumente mitnehmen sollen. Dann hättest du für uns aufspielen können!«

Jondar lächelte und Sabia strich kurz über die langsam nachwachsenden Stoppeln auf seinem Kopf.

»Wir müssen uns dringend um deine Haare kümmern«, sagte sie mitfühlend.

»Thoran«, wandte sie sich vorwurfsvoll an ihren Schwager. »Wie hast du denn deine Haare so schnell wieder wachsen lassen? Du solltest das Geheimnis mit deinem Bruder teilen!«

»Ich habe Amulette, die sie wachsen lassen«, erklärte ich an seiner Stelle. »Aber ich habe sie alle für Thoran verbraucht. Sobald ich wieder zu Hause bin, mache ich Neue und …«

Ich verstummte und sah mich verunsichert um. Alle am Tisch schwiegen und Thoran und Jondar starrten Sabia an. Ihre Gesichter waren wie versteinert und ich war erleichtert, dass diese Blicke nicht mir galten. Sabia dagegen schien genauso verwirrt zu sein, wie ich. Was hatten wir verpasst?

»Woher weißt du, dass ich geschoren wurde?«, presste Thoran mit zusammengebissenen Zähnen hervor.

Sabias Lächeln gefror auf ihren Lippen und unsicher sah sie zwischen den Brüdern hin und her.

»Das hast du uns doch erzählt!«, behauptete sie nervös.

»Nein.«

Jesko drehte sich langsam zu seiner Frau und seine Stimme war heiser vor Entsetzen.

»Ich höre das zum ersten Mal.«

Sabias Blick richtete sich plötzlich auf mich.

»Sie! Sie hat mir das erzählt!«

Thoran sah fragend zu mir herüber.

»Nein«, sagte ich leise.

»Sie lügt!«, kreischte Sabia, sprang auf und wollte

auf mich losgehen, doch Jesko hielt seine Frau zurück.

»Sag es ihnen, Hexe«, fauchte Sabia jetzt und versuchte sich von ihrem Mann loszureißen.

»Warum, denkst du, dass sie eine Hexe ist?«, fragte Thoran kalt.

Jesko suchte Thorans Blick. Einen Moment lang sahen sie sich tief in die Augen. Schließlich senkte Jesko matt die Augen.

»Komm, Frau«, krächzte er rau.

»Jesko, nein«, schrie Sabia.

Doch unbarmherzig zog er seine Frau aus der Höhle hinaus in die dunkle Nacht.

Alle Anwesenden, ich eingeschlossen, starrten betreten zu Boden. Thoran holte tief Luft und rieb sich müde mit den Händen durch das Gesicht.

»Hallgard kann mich nicht anlügen«, sagte er laut und alle Thuadaree sahen erstaunt auf. »Ich bin ihr Geschenk«, fuhr er fort. »Meine Entführer glaubten, sie sei eine Hexe, doch sie hat Thuadareeblut in den Adern. Diese Frau hier hat die Schenkung freiwillig ausgeglichen und der Preis dafür ist ihre absolute Ehrlichkeit mir gegenüber. Ein Leben lang.«

Alle Augen ruhten jetzt auf mir. In den Gesichtern las ich alles, von Dankbarkeit über Ungläubigkeit bis hin zu Bewunderung.

»Sanning!«, hörten wir Jesko plötzlich in der Ferne brüllen und Sabia kreischte gequält.

»Medlidante«, hörten wir sie schluchzen und kurz

darauf schrie sie laut auf.

»Jesko wird kein Erbarmen haben«, stellte Thoran fest und sah jedem Thuadaree fest in die Augen.

Alle nickten beklommen und senkten den Blick.

Ich weiß nicht, wie lange wir alle schweigend dort saßen. Immer wieder hörten wir das verzweifelte Klagen von Sabia. Zuletzt einen Schrei, bei dem mir die Haare zu Berge standen. Er klang wie der eines verwundeten Tieres und erstarb langsam in einem gequälten Gurgeln.

Jesko kam allein zu uns zurück. Sein Gesicht war aschfahl und sein vorhin noch rabenschwarzes langes Haar war an den Schläfen mit einem Mal ergraut.

»Sie wollte an meiner Seite über unser Volk herrschen«, sagte er leise und hielt den Blick gesenkt. »Sie fürchtete, Gwenda würde mit einem Kind unter dem Herzen von der Reise in den Norden zurückkehren. Ein Glück, das uns bisher nicht vergönnt war.«

Er schluckte und es fiel ihm sichtbar schwer, weiterzureden.

»Sie hatte Angst, unser Vater würde dann Thoran die Macht übergeben.«

Sein Blick suchte Thorans und der nickte ihm zu.

»Sabia hat Gwenda überzeugt, dass du sie nach kurzer Ehe verlassen und gedemütigt wieder zu ihrem Vater schicken würdest.«

Ich sah, wie Thoran wütend die Zähne zusammenbiss. Dass er sich geweigert hatte, mit

Gwenda ein Kind zu zeugen, muss für seine junge Frau die letzte Bestätigung gewesen sein.

»Sabias Familie hat ihr bei der Umsetzung des Planes geholfen. Thoran sollte sterben, die Art seines Todes hat Gwenda gewählt. Dann haben sie Gwenda als lästige Zeugin getötet und Jondar wäre ihr nächstes Opfer gewesen.«

Jondar hob den Blick und hatte Tränen in den Augen.

»Als er ohne mein Wissen aufgebrochen ist, um Thoran zu suchen, sind ihre Brüder ihm gefolgt. Es war Sabias Familie, die meinen Bruder gefoltert hat, nicht die Thuadaree aus dem Osten.«

Schwerfällig setzte sich Jesko wieder an seinen Platz und verbarg sein Gesicht in den Händen.

»Ist sie tot?«, flüsterte ich beklommen, doch Thoran schüttelte nur kurz den Kopf.

Jesko richtete sich auf und legte die Hände auf den Tisch.

»Sabia war sechs Jahre an meiner Seite«, erklärte er. »Sie schenkte mir ihren Körper, ihr Herz und ihren Namen. Ich habe die Magie in ihr getötet und ich habe sie verbannt.«

Er stand auf und sah jedem Einzelnen eindringlich in die Augen.

»Ich möchte ihren Namen nie wieder hören«, sagte er mit fester Stimme und ging ohne ein weiteres Wort hinaus.

Nach und nach verließen alle schweigend den Tisch

und legten sich schlafen. Jondar blieb bei der Garde und Thoran und ich machten uns auf den Weg zurück zum Auto. Wir schlüpften in unsere Schlafsäcke, doch ich fand keine Ruhe. Genauso wie Thoran, der auf dem Rücken lag und grübelnd aus dem Wagenfenster sah. Ich wollte ihn trösten, aber ich fand einfach nicht die richtigen Worte.

»Hexe?«

»Hm.«

Thoran drehte sich zu mir und sah mich ernst an.

»Tu mir so etwas niemals an«, flüsterte er und strich mir sanft eine Haarsträhne aus dem Gesicht.

Ich legte meine Hand an seine Wange und sah ihm fest in die Augen.

»Niemals«, schwor ich und er seufzte erleichtert auf.

»Ich weiß«, murmelte er und drückte mich fest an sich. »Aber ich musste es einfach noch einmal von dir hören.«

Lange hielten wir uns aneinander fest. Wir sprachen kein Wort, aber ich spürte die enge Verbundenheit zu Thoran. Als bräuchten wir einander zum Überleben. Engumschlungen schliefen wir ein.

Am nächsten Morgen verabschiedeten wir uns schweren Herzens voneinander. Thoran versprach, sobald wie möglich zu mir zurückzukommen. Wann genau das sein würde, konnte er jedoch nicht sagen. Jondar kam mit zwei Männern der Leibgarde zu uns herunter und nahm mich herzlich in den Arm.

»Wir sehen uns, Hexe«, schmunzelte er.

Er winkte, bis meine zwei Begleiter und ich nicht mehr zu sehen waren, während Thoran meinem Wagen nachdenklich hinterhersah.

Kapitel 18

Ein halbes Jahr später …

»Dass du dir auch immer solche Schrottkarren anschaffen musst«, knurrte Frank verärgert.

»Ich finde den Rover toll!«, widersprach ich beleidigt.

Vielleicht sollte ich mir einen anderen Automechaniker suchen? Seit ich ihn kannte, hatte er nie ein freundliches Wort für meine Wagen, geschweige denn für mich übrig. Jetzt warf Frank mir einen mitleidigen Blick zu.

»Für fünfhundert Euro besorg ich dir ein richtiges Auto.«

»Ich überlege es mir«, sagte ich, zahlte die Rechnung und machte mich auf den Weg nach Hause.

Die Bäume hatten ihr ganzes Laub abgeworfen und die Sonne schien auf die kahle Landschaft. Es war bitterkalt. Wir hatten einen ungewohnt harten Winter. Tagsüber sank die Temperatur oft unter zehn Grad. Man könnte meinen, eine neue Eiszeit bräche an. Wenn man morgens früh unterwegs war, sah man gefrorenen Morgentau am Wegesrand und der eigene Atem dampfte. Wie gesagt, ein ungewöhnlich strenger Winter.

Ich bog in den Feldweg, der zu meiner Festung führte und fuhr im großen Bogen auf mein Tor zu.

Plötzlich trat ich auf die Bremse.

Direkt vor meiner Einfahrt auf dem Boden saß ein schwarzgekleideter Mann mit langen dunklen Haaren, den Rücken an mein Tor gelehnt. Ein Bein hatte er angewinkelt, sein Unterarm ruhte lässig auf dem Knie und er kaute auf einem trockenen Grashalm herum.

Ich stellte den Motor ab und starrte ihn durch die Windschutzscheibe an.

Er rührte sich nicht, sah nur zu mir herüber und schob den Halm von einem Mundwinkel zum anderen.

Ich stieg aus dem Wagen und ging langsam auf ihn zu.

»Thoran?«, fragte ich ungläubig.

»Hi, Hexe«, grüßte er, spuckte das Gras aus und stand auf.

»Dein Wehr sagte, du würdest bald wiederkommen, deswegen hab ich hier auf dich gewartet«, erzählte er und strich sich dabei den Dreck von der Hose. »Ich durfte mich anlehnen, aber es hat mich nicht reingelassen.«

Er grinste breit.

»Aber ich schwöre, spätestens in einer halben Stunde hätte ich es soweit gehabt.«

Ich stand immer noch wie angewurzelt keine fünf Meter von ihm entfernt und konnte nicht fassen, dass er tatsächlich hier war.

»Was ist jetzt?«, fragte Thoran ungeduldig. »Lässt du mich rein oder muss ich mich erst verprügeln und kahlscheren lassen?«

Plötzlich ging ein Ruck durch mein Wehr und das Tor schwang auf, ohne dass ich den Befehl dazu gegeben hätte.

»Geht doch«, triumphierte Thoran lächelnd, strich mit der Hand zärtlich über meine Festungsmauer und trat ein.

Im Gehen wandte er den Kopf und zwinkerte mir zu.

»Kommst du?«

Ich blinzelte ein paarmal, dann ging ich benommen zurück zu meinem Wagen.

Sechs Monate hatten wir uns nicht gesehen. Zwei Mal in dieser unendlichen langen Zeit hatte er mir eine Nachricht zukommen lassen. Die erste ein paar Tage nachdem die Thuadaree mich nach Hause gebracht hatten und in der er mir mitteilte, dass sein Vater verstorben sei. Die andere drei Wochen später. Er schrieb, dass sich die Brüder die Nachfolge teilen wollten. Sie würden im jährlichen Wechsel die Regentschaft führen. Jesko sei jedoch erst einmal abgetaucht. Er brauche Zeit für sich. Jondar wäre noch zu unerfahren und so würde er das erste Jahr regieren. Er hoffe, mich im nächsten Sommer besuchen zu können.

Und jetzt saß er plötzlich vor meinem Tor!

Ich warf den Motor an, schaute routinemäßig kurz in den Rückspiegel und zuckte zusammen. Wie sah ich denn aus?

Gestern Abend war ich mit nassen Haaren ins Bett gegangen und das sah man meiner Frisur heute deutlich an. Ich hatte mir nicht die Mühe gemacht, mich zu kämmen. Für wen auch? Meine Fingernägel waren teilweise abgebrochen und meine Jeans dekorierte ein dicker Senffleck. Wohl von dem Hotdog, den ich heute Mittag in der Stadtfestung schnell gegessen hatte. Ich hatte mal wieder vergessen zu frühstücken und mir war vor Hunger plötzlich ganz flau gewesen. Früher war mir das nie passiert, da hatte ich höchstens aufpassen müssen, nicht zuviel zu essen. Prüfend sah ich noch einmal in den Rückspiegel. Ich hatte in den letzten Monaten ordentlich abgenommen. Und, ganz ehrlich, ich sah scheiße aus. Meine Haut hatte einen fahlen Ton, mein Gesicht wirkte verhärmt und meine Augen hatten ihren Glanz verloren.

Verdammt, hätte Thoran sich nicht anmelden können?

Ich trat aufs Gas, fuhr in meine Festung und parkte hinter der Scheune.

Gequält schloss ich die Augen, als mir einfiel, dass ich gestern angefangen hatte, meine Küche auszuwaschen. Die Schränke waren ausgeräumt, aber irgendwann hatte ich einfach die Motivation verloren. Genauso wie beim Wäschesortieren vorgestern, oder war es vorvorgestern gewesen? Seit Thoran nicht mehr an meiner Seite war, fiel es mir ungeheuer schwer, meinen Alltag zu meistern. Immer wieder ertappte ich mich dabei, wie ich einfach nur in Gedanken versunken vor mich hinstarrte. Ich schaffte es gerade so, mein Geschäft am Laufen zu halten. Alles andere war ein Kraftakt, für den mir oft einfach die Energie fehlte. Ich wollte mein Leben wieder so führen, wie es vor der Begegnung mit Thoran gewesen war. Aber es klappte einfach nicht.

Und jetzt war er wieder da.

Er war zu mir zurückgekommen und fand statt *seiner Hexe* nur noch ein Wrack in einem schlampigen Haushalt vor Unsicher ging ich auf mein Haus zu. Die Tür stand offen, Thoran war bereits drinnen und vermutlich würde er gleich wieder herauslaufen, an mir vorbeistürmen und das Weite suchen.

Ich schluckte, nahm all meinen Mut zusammen und ging schweren Herzens ebenfalls hinein.

Thoran stand mitten im Raum und sah sich mit ausdrucksloser Miene das Chaos an. Erst jetzt fiel mir auf, dass ich wohl auch schon längere Zeit nicht mehr gefegt und gewischt hatte. Ich wollte das machen, wenn ich mit der Küche fertig war. Hatte ich die Schränke wirklich erst gestern ausgeräumt, oder war es doch letzte Woche gewesen?

»Hexe?«

Thorans Stimme ließ mich zusammenzucken. Ich ließ die Arme hängen und senkte den Kopf. Ich hatte keine Erklärung für den Zustand meines Hauses und noch viel weniger für meinen eigenen.

Starke Arme legten sich plötzlich um mich und hielten mich fest. Eine Hand streichelte meinen Kopf und drückte ihn sanft an eine breite Brust.

»Du musst besser auf dich aufpassen, wenn ich mal nicht da bin.«

Thorans tiefe Stimme klang so liebevoll, dass es mir die Tränen in die Augen trieb.

»Seit du weg bist, ist das nicht so einfach.«

»Weil du mir dein Herz geschenkt hast«, erklärte er leise.

Ich lächelte traurig und sah zu ihm auf.

»Du musst auch mehr auf dich achten«, sagte ich und schlang meine Arme um seinen Hals.

Er hatte dunkle Ränder unter den Augen, seine Wangen waren eingefallen und an den Schläfen war sein dunkles Haar von silbergrauen Strähnen durchzogen.

»Das Regieren bekommt dir wohl nicht gut.«

Thoran grinste und zog spöttisch eine Augenbraue hoch.

»Das Regieren macht mir nichts«, erklärte er, beugte sich herab und küsste mich sanft.

»Mir geht es wie dir«, flüsterte er an meinen Lippen. »Ich habe dir mein Herz geschenkt.«

Sein Kuss wurde leidenschaftlicher und deshalb dauerte es einen Moment, bis ich den Sinn seiner

Worte verstand. Ich zog meinen Kopf zurück und sah ihn fragend an.

»Wann denn?«

Thoran hatte es sofort gespürt, als ich ihm damals mein Herz geschenkt hatte. Eher noch, als es mir selbst klar gewesen war.

Er grinste mich schelmisch an.

»Du hast es nicht mitgekriegt, du hattest das Bewusstsein verloren.«

Mein Gesichtsausdruck war wohl wenig intelligent, denn er lachte.

»Als ich gesehen habe, wie die Verbannten dich an den Wagen gebunden haben, ist es passiert. Es war, als hätte mir jemand ein stumpfes Messer mitten ins Herz gerammt. Verstanden habe ich es jedoch erst, als du meinen geheimsten Wunsch gesehen hast.«

»Oh.«

»Ich habe damals nicht nur dein Leben gerettet, sondern auch mein Herz. Deshalb wollte ich nicht, dass du Arden davon erzählst. Außer uns geht es niemanden etwas an.«

Ich wollte noch etwas erwidern, doch Thoran fiel mir ins Wort.

»Halt die Klappe, Hexe«, knurrte er, leckte über meinen Hals und glitt mit den Händen unter meinen Pullover.

Er drückte mich fest an sich und ich spürte deutlich, dass er jetzt nicht reden wollte.

Am nächsten Morgen erwachte ich in Thorans

Armen. Ich seufzte wohlig und kuschelte mich an ihn.

»Thoran?«

»Hm.«

»Was wäre passiert, wenn ich dir mein Herz nicht geschenkt hätte?«

»Das wäre nicht passiert.«

Ich dachte eine Weile über seine arrogante Antwort nach, doch dann musste ich mir eingestehen, dass er Recht hatte.

»Thoran?«

»Was?«, brummte er leise, drehte sich zu mir und drückte mich an sich.

»Du bist doch immer noch mein Geschenk, oder?«

»Hmhm.«

»Arden hat gesagt, wenn du meinen Namen kennst, könnte jeder von uns frei entscheiden, wohin er geht und was er tut.«

»Hmhm.«

Sehr einsilbig heute Morgen, mein Thuadaree, dachte ich und malte mit dem Finger kleine Kreise auf seine Brust.

»Aber wenn wir nicht zusammen sind, geht es uns beiden nicht gut.«

Er schnaufte, öffnete die Augen und sah mich an.

»Worauf willst du hinaus, Hexe?«, fragte er verschlafen.

»Ich weiß nicht«, entgegnete ich verlegen. »Ich habe nur überlegt, was aus uns werden soll.«

Er hob den Kopf, stützte ihn mit einer Hand ab und grinste auf mich herab.

»Du denkst an Morgen, während du heute neben einem nackten Thuadaree liegst?«

Ich nickte unsicher.

Er schmunzelte.

»Vertrau mir, Hexe«, murmelte er und zwinkerte mir zu.

»Du kannst nicht ohne mich.«

Sanft streichelte er meine Wange.

»Und ich kann nicht ohne dich«, fuhr er fort und küsste mich zärtlich. »Aber ich habe schon einen Plan.«

»Welchen?«, flüsterte ich und strich ihm die langen Haare aus dem Gesicht.

»Er wird dir gefallen«, murmelte Thoran lächelnd und küsste mich noch einmal. »Was hältst du von heiraten, Kinder kriegen und zusammen alt werden?«

Ende

Herzlichen Dank

an dieser Stelle an mein Lektorenteam
Karin, Sonja, Anne, Heinz, Sandra, Vera, Ela,
Annett und Silke.
- in der Reihenfolge des Rücklaufes ;) -
Trotz technischem Upgrade seit ihr einfach
unverzichtbar!

Ein ganz besonderer Dank geht dieses Mal an
Manuel, für
die Überlassung des Titelfotos und an seine Frau
Funda.
Das ist das perfekte Bild für meine Geschichte!
Auch bedanken möchte ich mich bei Alexandra für
die lokale Promotion – dein Stadtland-Magazin ist
spitze.

ein ganz liebes Dankeschön an meine Leserinnen
und Leser!
Eure positiven Rückmeldungen auf meiner
Facebook-Seite, per Mail
oder als Bewertung bei Amazon haben mich
unglaublich motiviert
und zaubern jedes Mal ein breites Lächeln auf mein
Gesicht!

Ich hoffe, dir hat meine zweite Welt gefallen.
Über eine Rückmeldung per Mail oder als
Bewertung bei Amazon würde ich mich sehr freuen.
Besuche mich auf
www.in2welten.de

oder auf Facebook
https://www.facebook.com/in2welten/

weitere Romane

In zwei Welten – Erste Begegnung

Auf dem Weg zu ihrem Urlaubsziel mitten im Harz fährt Sam mit ihrem Motorrad unbemerkt durch ein Tor, das die Welten der Elfen und der Menschen verbindet. Statt Ruhe und Entspannung erlebt Sam das Abenteuer ihres Lebens.
Mit magischen Wesen mitten in Deutschland, einem verführerischen Elfen und einem Verrat, der sie fast das Leben kostet...

In zwei Welten – Der dunkle Elf

Auf der Flucht vor ihren Entführern verunglückt Kim in den Bergen der Vogesen. Dort wird sie von dem Elfen Zarek gefunden und gerettet. Der wortkarge Einsiedler ist heilfroh, dass er Kim die Existenz der zweiten Welt verheimlichen kann und einen Weg findet, sie schnell wieder in ihre Heimat nach Münster zu schicken.

Doch die Erleichterung, die Menschenfrau los zu sein und wieder allein mit seinem Wolf durch die Wälder zu streifen, währt nur kurz. Denn die Entführer bleiben Kim auf den Fersen und nirgendwo scheint sie sicherer zu sein als bei Zarek.

In zwei Welten – Elfengold

„Wieso ich?“, stöhnte Kea genervt. „Du kannst doch tausend andere haben.“
„Ich hatte schon tausend andere“, erklärte York unbeeindruckt und zwinkerte ihr zu.

Nach ihrer Scheidung plant Kea einen Neuanfang. Ohne Männer. Plötzlich platzt der Elf York in ihr Leben und setzt alles daran, sie zu verführen.
Kea versucht verzweifelt, ihre Gefühle für York zu unterdrucken. Ihr Exmann hat ihr damals das Herz gebrochen. Der attraktive Elf dagegen würde es, ohne mit der Wimper zu zucken, in winzige Stücke reißen.

Doch York ist nicht ihr einziges Problem.
Ein verrückter Wissenschaftler glaubt, Kea sei der Schlüssel zu einem magischen Schatz. Bald ist ihr Leben und das des ganzen Elfenvolkes in Gefahr ...

In zwei Welten – Der verlorene Elf

Lukan war drei Jahre mit einem menschlichen Helfer in einer Höhle eingesperrt, bis Darian und seine Freunde ihn endlich befreien konnten. Doch Lukans Schicksal hat sich damit noch nicht erfüllt.
Er hat seine Magie verloren, seine Ehre und seinen Lebensmut und reist ziellos durch das Land.
Auf Rügen steigt er nachts in ein kleines Boot und lässt sich aufs Meer hinaustreiben.
Er ergibt sich seinem Schicksal und ahnt nicht, dass dies noch Einiges für ihn bereithält.

Alles andere als schicksalsergeben dagegen ist Zoe.

Als Tochter eines millionenschweren Adeligen steht sie ständig in der Öffentlichkeit. Nach einer gescheiterten Beziehung flieht sie auf die Insel Vilm. Doch statt Ruhe und Frieden findet sie dort eines Morgens am Strand ein Boot, in dem ein völlig betrunkener junger Mann liegt ...

In zwei Welten – Elfenherz

Seit Jahrhunderten lebt das Volk der Elfen in unseren Wäldern.
Nur wenige Menschen sind in der Lage, es zu sehen. Lea ist einer von ihnen und so oft sie kann, besucht sie ihre Freunde in der zweiten Welt. Rion, ein eingebildeter junger Elf, nervt sie jedes Mal mit seinen abfälligen Bemerkungen über die Menschen. Doch dann ist ausgerechnet Lea die einzige, die ihm helfen kann.

Jahre später ist es Lea, die Hilfe braucht. Ihr Leben ist

in Gefahr und die Elfen schicken ihr Rion. Jetzt muss Lea dem Mann vertrauen, den sie niemals wiedersehen wollte …

Drachenwinter – Andersjahr

Raus aus der Stadt, rein ins Landleben ...
Jule hat die Nase voll –
von der Hektik der Stadt, ihrem Job und ihrer Schwester. Sie zieht in ein einsam gelegenes Bauernhaus und genießt die Ruhe in der Natur. Als sich ihr unheimlicher Nachbar schwer verletzt, leistet Jule erste Hilfe. Auf dem Weg in den Rettungswagen bittet der Mann sie, auf seine beiden Haustiere aufzupassen. Jule verspricht es ihm und ahnt nicht, worauf sie sich einlässt …

Eine magisch-romantische Geschichte über Drachen

im Münsterland und Tierschützer der besonderen Art

Magische Gezeiten – Das Geschenk

»Warum hast du mich mit in deine Festung genommen?«, fuhr er mich wütend an.

Einen Moment lang war ich völlig perplex.

»Du lagst halb tot direkt vor meinem Tor! Hätte ich dich überfahren sollen?«

Er flüsterte etwas in einer Sprache, die ich nicht verstand und fixierte mich mit seinen dunklen Augen. Instinktiv hielt ich meine Waffe mit beiden Händen und zielte auf ihn. Der Kerl war riesig, kräftig und überragte mich um einen Kopf. Ich war mir plötzlich gar nicht mehr so sicher, ob die Handschelle ihn wirklich an den Heizkörper fesselte oder ob er es einfach nur duldete.

»Wer bist du?«, fragte ich und verfluchte meine zittrige Stimme.
»Ich bin dein Geschenk«, zischte er rau, wobei das Wort Geschenk eher klang wie Alptraum, schlimmster Feind oder Todesurteil.
»Ich will dich aber nicht. Am besten, du verschwindest gleich wieder.«
»Das hättest du dir eher überlegen sollen«, knurrte er. »Du hast mich angenommen und jetzt wirst du mich nicht mehr los.«

Einen Thuadaree geschenkt zu bekommen ist nicht wirklich eine Freude. Besonders dann nicht, wenn er der Sohn eines der mächtigsten Divergenten ist und einen mit seiner Arroganz in den Wahnsinn treibt. Doch das ist bald mein kleinstes Problem. Jemand versucht, Thoran zu töten und eine Verschwörung gegen seine Familie zwingt uns zur Flucht. Doch beim Kampf um unser Leben vergesse ich, mein Herz zu schützen…

Magische Gezeiten – Der Verrat

Von seiner Frau verraten, sinnt Jesko auf Rache und jagt sie und ihre Brüder quer durch das Land. Nur in Sendor, einem kleinen Divergentendorf, findet er Ruhe und Kraft für seine Mission.
Von ihrem Mann verraten, wird Anna verbannt und muss außerhalb der sicheren Stadtfestung der Menschen um ihr Leben fürchten. Ihre Tante Swingard, oberste Hexe in Sendor, bittet Jesko Anna zu finden und sie zu ihr zu bringen.

In einer Nacht voller Magie in der nichts mehr real erscheint, sehen sich Jesko und Anna wieder und das

Schicksal verbindet sie untrennbar miteinander. Jesko hat Anna das Leben gerettet, doch er stiehlt ihr Herz.

Leseprobe

ANDERSJAHR „Drachenwinter"

... Da Falk Degenhardt meinte, die beiden Echsen würden noch eine ganze Weile schlafen, entschloss sich Jule zu einem Spaziergang. Das Wetter war für Dezember sehr mild und etwas diesig, doch sie genoss ihren gewohnten Rundgang.

Als ihr Haus wieder in Sichtweite kam, sah Jule davor einen dunkelgrauen BMW. Sie beschleunigte ihre Schritte und gerade, als sie ihr Grundstück erreichte, kam ein fremder Mann aus ihrem Garten. Er trug einen grauen Anzug, einen schwarzen Mantel, glänzende Lederschuhe und eine knallrote Krawatte. Der Mann war groß, schlank und sportlich. Sein blondes Haar war sorgsam gestutzt und sein Gesicht wirkte aristokratisch. Er sah gut aus, fand Jule, auf eine edle, leicht überhebliche Art und Weise.

»Guten Tag«, grüßte er freundlich, bevor Jule etwas sagen konnte. »Gehört Ihnen dieses schöne Haus?«

Jule nickte und betrachtete ihn neugierig.

»Entschuldigen Sie bitte, dass ich hier einfach so herumlaufe, aber ich habe den Eigentümer gesucht …« Er zwinkerte Jule zu. »… und gefunden.«

»Ja«, bestätigte Jule. »Ich wohne hier.«

»Verzeihung. Ich habe mich noch gar nicht vorgestellt.« Er machte eine kleine Verbeugung. »Ich heiße Markus van Hagen. Ich bin auf der Suche nach meinem Freund Falk Degenhardt. Wir sind verabredet, aber er ist nicht zu Hause.«

»Na, in meinem Garten ist er sicher nicht!«, entgegnete Jule.

Herr van Hagen lachte.

»Nein, natürlich nicht. Ich war bei ihm und habe vor seinem Haus eine Blutlache gesehen. Ich war in Sorge und hoffte, Sie als Nachbarin könnten mir vielleicht sagen, ob ihm etwas zugestoßen ist. Da niemand aufgemacht hat, dachte ich, ich schau mal hinterm Haus nach.«

Falks Worte hallten durch Jules Kopf. Sie kennen mich nicht und wissen nichts über Benny und das Biest.

»Tut mir leid«, sagte sie. »Ich kann Ihnen da nicht weiterhelfen. Gestern Nacht habe ich gesehen, wie ein Rettungswagen zu meinem Nachbarn gefahren ist und mit Blaulicht wieder davonraste. Keine Ahnung was passiert ist. Vielleicht rufen Sie Ihren Freund einfach mal an?«

»Hab ich schon mehrmals«, lenkte Herr van Hagen zerknirscht ein. »Ich versuche schon seit

Stunden, ihn zu erreichen, aber ich bekomme keine Verbindung.«

Der lügt doch, dachte Jule. Schließlich hatte Falk sie vorhin noch angerufen. Und hätte er einen Freund erwartet, hätte er es sicher erzählt.

»Das tut mir wirklich leid«, sagte sie und schob sich an dem Fremden vorbei zur Haustür. »Aber mehr kann ich Ihnen auch nicht sagen.«

»Es ist nur so …« Herr van Hagen sah sie eindringlich an. »Ich habe Falk versprochen, mich um sein Haustier zu kümmern, falls ihm mal etwas zustoßen sollte.«

»Mein Nachbar hat ein Haustier?« Jule tat überrascht. »Komisch, ich hab noch nie eins hier rumlaufen sehen.«

»Ich dachte, Sie als Nachbarin hätten vielleicht einen Schlüssel, damit ich mal nach dem Tier sehen kann?«

»Nein, tut mir leid. Und jetzt entschuldigen Sie mich, bitte.« Sie wendete sich ab und holte ihren Schlüssel aus der Tasche. »Meine Schwester kommt gleich mit ihrer Familie zum Mittagessen und ich muss noch einiges vorbereiten. Frohe Weihnachten!«

»Frohe Weihnachten«, erwiderte Herr van Hagen. »Ach, und hier haben Sie meine Telefonnummer.«

Er zog eine Visitenkarte aus seiner Manteltasche und reichte sie Jule.

»Ich wäre Ihnen sehr dankbar, wenn Sie mich anrufen, falls Sie etwas von Falk hören.«

Dann nickte er ihr zu, ging zu seinem Wagen und lächelte noch einmal charmant.

»Ich wünsche Ihnen noch einen schönen Tag.«

»Auf Wiedersehen, Herr van Hagen.«

Eilig schloss Jule die Tür auf und ließ sie hinter sich wieder zufallen. Mit dem Rücken lehnte sie sich an die Wand und atmete ein paar Mal tief durch.

Sie blickte auf die Visitenkarte in ihrer Hand und runzelten die Stirn. Auf schwarzem Karton war in goldenen Lettern Quaere et Invenies gedruckt. Darunter standen in kleineren Buchstaben der Name und eine Handynummer. Die rechte Seite der Karte zierte ein stilisiertes Abbild des Heiligen Georg. Er saß auf einem Pferd und durchbohrte mit seinem Speer einen Drachen.

Jule schüttelte den Kopf. Entweder gehörte Herr van Hagen zu einer religiösen Sekte oder einer Versicherungsagentur mit einer sehr ausgefallenen Marketingstrategie. Ein Freund von Falk war er ganz sicher nicht. Aber woher wusste er, dass Falk so seltene Tiere hatte?

Benny und das Biest!

Jule hastete ins Wohnzimmer. Da lagen die beiden eng aneinander gekuschelt in ihrem Körbchen und schliefen. Sie atmete auf, zog ihr Handy aus der Tasche und rief Falk Degenhardt an. Er würde bestimmt wissen wollen, dass sich jemand für ihn und seine Schützlinge interessierte.

»Was?«, rief Falk erschrocken, als Jule ihm von Herrn van Hagens Besuch und seiner sonderbaren Visitenkarte berichtet hatte. »Verriegeln Sie die Türen und lassen Sie die Rollläden runter. Ich komme sofort!«

»Ich weiß nicht, ob das so eine gute Idee ist«, widersprach Jule. »Immerhin sind Sie gestern fast verblutet und mit einer frischen Wunde bleiben Sie lieber noch im Krankenhaus, bis die Ärzte Sie …«

Klick.

Jule starrte auf ihr Handy. Er hatte einfach aufgelegt!

Sie schnaubte, zog ihre Jacke aus, verschloss die Haustür und legte den Sicherheitsriegel vor. Wirklich etwas paranoid, der liebe Falk, dachte sie und kochte sich erst einmal einen Kaffee.

Eine gute halbe Stunde später fuhr ein Taxi vor und Falk Degenhardt stand vor ihrer Tür.

»Warum haben Sie die Rollläden nicht heruntergelassen?«, fuhr er sie an und lief an ihr vorbei ins Haus.

»Benny?«, rief er und sah sich suchend um.

»Sie sind im Wohnzimmer und schlafen«, erklärte Jule, schloss die Haustür und folgte ihm.

»Hey, Benny, mein Kleiner«, flüsterte Falk, ging vor dem Körbchen auf die Knie und streichelte die größere Echse.

Träge hob das Reptil den Kopf und stieß das gleiche klappernde Schnurren aus, das Jule bisher nur von der Kleinen gehört hatte. Das Tier, das sich bisher noch keinen Millimeter bewegt hatte, stemmte sich langsam hoch und sah sich verwirrt um. Dann rieb es seinen Kopf an Falks Hand und schnurrte. Der kleine Leguan rutschte vom Rücken des größeren, knurrte unwillig und rollte sich wieder zusammen.

»Na, Benny, hast du mich vermisst?«, fragte Falk und streichelte das Tier.

Das Schnurren wurde noch eine Stufe lauter und Falk lachte leise. Behäbig tapste die Echse aus dem Korb und versuchte an Falks Bein hinaufzuklettern. Sie war bei Weitem nicht so flink und wendig wie die Kleine.

»Ich helf dir, mein Junge«, murmelte Falk lächelnd.

Er hob das Tier mit seinem unverletzten Arm auf, lehnte es an seine Schulter und stand auf. Der Leguan stupste Falk mehrmals mit dem Kopf an die Wange und es sah fast aus, als würde er seine Vorderläufe um Falks Hals schlingen wollen.

»Ist ja gut, Dicker«, murmelte Falk. »Ich bin ja wieder da. Waren Jule und das Biest auch lieb zu dir?«

Jule schnaubte.

»Klar waren wir lieb. Aber das hat er gar nicht mitbekommen!«, bemerkte sie trocken. »Er hat ja die ganze Zeit nur geschlafen!«

Falk sah zu Jule hinüber und holte tief Luft.

»Wir müssen hier verschwinden«, erklärte er ernst.

»Wieso?«

»Wir sind hier nicht mehr sicher. Wenn van Hagen mich gefunden hat, wird es hier bald nur so von den Quaere et Invenies wimmeln!«

»Von wem?«

Falk ignorierte sie, ging mit Benny auf dem Arm in Jules Küche und sah von dort aus angespannt zu seinem Hof hinüber. Still und friedlich stand sein Haus dort und Falk konnte nichts Ungewöhnliches entdecken.

»Er wird bestimmt nicht wiederkommen«, mutmaßte Jule und sah ebenfalls hinaus.

»Oh, doch. Das wird er und ganz sicher nicht allein«, murmelte Falk.

Plötzlich gab es einen so lauten Knall, dass Jules Fensterscheiben vibrierten. Vor ihren Augen flog das Haus von Falk Degenhardt in die Luft. Sie sahen Trümmerteile durch die Gegend fliegen und kurz darauf brannte es lichterloh. Jule schrie erschrocken auf, Falk zuckte zusammen und das Reptil auf seinem Arm drehte den Kopf herum und fauchte.

»Oh, mein Gott!«, keuchte Jule entsetzt und schlug sich die Hand vor den Mund.

Von Falks Haus in der Ferne stieg eine riesige Feuersäule auf und Funken setzen gerade die Nebengebäude in Brand. Die Echse knurrte tief in ihrer Kehle und gab Geräusche von sich, als müsse sie sich jeden Moment übergeben.

»Verdammt«, brummte Falk. »Kleiner, bleib ganz cool!« Vergeblich versuchte er, das Tier zu beruhigen. »Es ist nicht schlimm. Nur ein dummes Haus!«

Benny würgte immer noch.

»Scheiße, Scheiße, Scheiße!«, fluchte Falk und lief mit Benny auf dem Arm durch die Küche zur Terrassentür.

Jule blickte Falk verwirrt hinterher und folgte ihm. Der riss gerade die Tür zum Garten auf, rannte hinaus und hielt Benny mit beiden Händen weit von sich. Die Echse krümmte und schüttelte sich, sie röchelte und würgte und stieß schließlich aus ihrem Maul einen etwa zwei Meter langen Feuerstrahl aus.

Jule blinzelte, blieb stocksteif stehen und starrte auf Falk und sein Tier.

»Ist schon gut, mein Kleiner«, murmelte der gerade, lehnte die Echse wieder an seine Schulter und klopfte ihr beruhigend auf den Rücken.

Benny gab so etwas wie einen Rülpser von sich und eine kleine Rauchwolke entwich aus seinem Schlund.

»Du lernst schon noch, das unter Kontrolle zu bekommen«, flüsterte Falk, streichelte die Echse und ging an Jule vorbei zurück ins Haus.

Ungläubig blickte Jule in ihren Garten. Wie ein Flammenwerfer hatte Benny eine Schneise in ihren Rasen gebrannt. Ein paar trockene Büschel glühten noch vor sich hin und blau-violetter Rauch stieg in den Himmel. Ganz langsam drehte sich Jule herum, schloss die Terrassentür hinter sich und sah Falk fragend an.

»Pack deinen Koffer«, befahl er, anstatt ihr eine Erklärung zu geben. »Wir müssen hier sofort verschwinden.

Alle Romane sind in sich abgeschlossen und können auch unabhängig voneinander gelesen werden. Und – wie bei Fantasy-Romanen nicht anders zu erwarten – ist alles nur erfunden und Ähnlichkeiten mit Orten oder lebenden Personen rein zufällig …

Oder?

41131048R00157

Printed in Poland
by Amazon Fulfillment
Poland Sp. z o.o., Wrocław